この味も
またいつか
恋しくなる
燃え殻

CONTENTS

S
P

初出

本書は『週刊女性』（主婦と生活社）２０２４〜２０２５年に掲載された連載「シーフードドリアを食べ終わるころには」を加筆修正し、書き下ろしをくわえて再編集したものです。

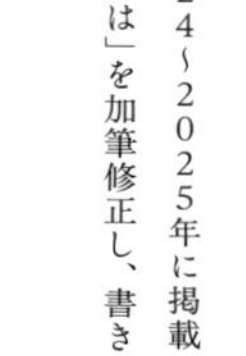

この味もまたいつか恋しくなる

読まれたい日記

浅煎りコーヒー

五十才くらいになると、知っている誰かが亡くなることがポツポツと起き始める。行きつけの喫茶店のほぼ同い年のマスターが、体調を崩して入院して、あっという間に昨日亡くなってしまった。

入院する前日まで、店でコーヒーを淹れる姿を見ていたので、悲しいという気持ちが正直まだほとんど湧いてこない。

マスターの奥さんから昨夜連絡をもらって、今日これからお線香をあげに行くところだ。彼の死に顔を見たら、現実だと納得できるだろうか。

「あの人の日記をパラパラ読んでみたんだけど、絶対死んだら私が読み返して感動するだろうって想像しながら書いているのが、行間から匂い立ってるのよね～」と、奥さんの口ぶりはキレキレで容赦がない。

「あー、絶対読むだろうと思って書いていたと思いますよ。キモいっすねぇ～」と、容赦という言葉を捨てた僕も続けた。

「まあ、供養だと思って読みに来てやってよ」

奥さんはそう言って、最後は少し寂しげな声で電話を切った。

僕はこれから彼に線香をあげ、キモい日記を隅々まで読んでやろうと企《たくら》んでいる。きっと僕のことも、エモキモく書いてあることは、ほぼ間違いない。彼は本当にクサい男だった。クサくてキモくて面白い男だった。

どれくらいかといえば、店に初めて来た綺麗な女性には、「いままでお祝いできなかった誕生日の分です」と言って、サンドイッチをプレゼントするのが定番であるくらいに、だ。

彼の喫茶店に初めて行ったのは、まったくの偶然。知り合いのライターが、「いつもスカスカで座り心地のいいイスがある喫茶店を見つけた」と、連れて行ってくれたのが最初だった。

店に入った瞬間、マスターは慌ててジャズのレコードをかけた。僕たちはコーヒーを注文する。店内には程なくして、小さくウディ・ハーマンが流れ出し、美味しそうなコーヒーの匂いが充満した。

そのとき、彼の奥さんが店に入ってきて、「外からジャズが聴こえてきたから、お客さん来てると思ったわ」と笑いながら僕たちに会釈をする。そして、「この人、ひとりのときはサザン聴いてるんですよ。お客さんが来ると、突然レコードでジャズをかけ始めるの〜。キモいでしょ〜?」と手を叩いて笑った。

その日マスターは散々僕たちに言い訳をしていたが、僕が店の常連になる頃には、BGMは常にサザンオールスターズに変わっていた。

カッコつけで、村上春樹に憧れてるのに、村上春樹は『風の歌を聴け』しか読んだことがなくて、『SLAM DUNK』『幽☆遊☆白書』が心底大好きな人だった。

ことごとく俗人っぽい彼のことが僕は好きだった。

奥さんの趣味のジャズを一生懸命好きになろうとしているところも好きだった。

小説やエッセイを読むことが大好きな奥さんに愛されたいと、店の一番隅の奥さんがいつも座る場所に、自分が書いた日記を置いている健気な努力も好きだった。

いつだったか、彼が「ジャズって、どう聴けばいいんだろうね?」と真顔で聞いてきたときは笑ってしまった。それでも最後の何年か、彼がジャズの演奏に合わせて、カウンターを無意識に指でトントントンと叩いている姿を眺めながら、日々を重ねていくことってていいなあ、と心から思った。

彼の淹れる浅煎りのコーヒーは、疲れ切った夕方でも、休みの日の早い朝でも、ふと飲みたくなった。良いことがあったときも、悲しいことがあったときも、急に飲みたくなった。季節によってカップを変えて出してくれたのも嬉しかった。

その夜、線香をあげた後、奥さんに手渡されて彼の日記を読んだ。それは僕の予想通り、大半がクサくてキモいものだった。

〈5月9日(月)　今日のランチは、僕が彼女にパスタを振る舞った。アルデンテ!〉

例えば、アルデンテに「!」を付けて締めるところ。村上春樹は結局、三行くらいしか読まなかったんじゃないだろうか?と推測される。

〈9月3日(土)　駅前のラーメン屋ですべての事件は起こった。その出来事が起こる前には、もう僕たちは戻ることはできない〉

ここから始まるのは、ただ味噌ラーメンを食べたら火傷《やけど》して、その後、風呂場ですっ転んだというだけの、〝出来事〟だ。

改めて言い直したい。彼は村上春樹を二行しか読まなかったんだと思う。

そんなツッコミどころ満載の彼の日記のある一文に、ふと目が留まる。

それはただ、奥さんとふたり、ちょっと遠くの映画館に行って、マクドナルドに寄ったという内容で、最後はこう締めくくられていた。

〈何事もない日だった。来年には忘れそうなくらい完璧な日だった。それはとても幸せなことだ。また近いうち、みさこと一緒に来れたらいいな〉

季節がまた変わろうとしている。日々は待ったなしで過ぎていく。
こちらは昨日、一つ仕事が片付いて、二つ面倒なことが起きた。
そっちの具合はどうだろうか？
僕はいま、マスターが淹れてくれる浅煎りのコーヒーが無性に飲みたいよ。

〈会おうか？〉

アスター麺

〈ジムを解約してから二キロ太ってしまった！〉

〈ラーメン食べると眠くなるの謎すぎる〉

〈良いマッサージ師、渋谷で見つけたから今度共有します！〉

〈終の住処、第一候補は湯河原〉

〈あー寝ます！　おやすみ！〉

朝起きたら、こんな一方的な連投ＬＩＮＥが届いていた。送り主の彼女とは、僕が二十代の前半に出会った。

出会い方は最悪だ。浮かれて入った横浜市にある関内《かんない》のキャバクラで、「こういうところ長いの？」と僕が不躾《ぶしつけ》に聞いて、「そういう質問が一番ダサいよ」と言われたところから始まった。

その場限りのメール交換をすると、次の日には正真正銘、混じりっけなしの営業メールが会社のパソコン宛に届く。たしか、シフト表などの画像も貼り付けてあったと思う。当たり障《さわ》りのない返事をして、そのままフェードアウトするはずだった。

それがどういうわけか、連絡を取る関係は細々と十五年以上も続くことになる。最初はスマートフォンじゃなかったので、アドレスも違った。何度かのメールアドレス変更、ＬＩＮＥへの移行と、まったく会う約束もせずに、文明の利器を感じながら、関係だけがただただ続いた。

友人に、彼女との関係を聞かれたとき、「メモ機能」と答えたことがある。お互い、周りの誰かに言うほどでもない、でも誰かには言いたい、ふと思いついたことを送る相手として最適だった。

彼女は店を辞め、きっと私生活でもいろいろあったはずだ。だが十五年間、プライベートなことには触れずにきた。店でのおざなりなメール交換以来、再会したこともない。画面の中だけの関係だ。

「だったら、向こうが誰かと入れ替わったら、わからないじゃないか」

そう友人に言われたこともある。ただ、濁点《だくてん》の打ち方や使う単語で、彼女と中身が替わったら一発でわかる自信があった。きっとあちらもそうだと思う。

男女関係を越えた友情、というと聞こえはいいが、なんとなく女性であることは、意識している自分がいる。向こうもなんとなくだが、そんな感じがする。お互い、十五年間、恋愛的な話もまったく共有しなかった。心許してはいたが、どこまでもみっともなさを共有する関係ではなかった。でも、だからこそ、十五年もお互いにとって都合の良い距離感で、突き詰めない関係をやってこれたんだと思う。

一度か二度、〈会おうか?〉という展開になったことがある。それでも結局、会うことはなかった。理由は、お互い月日が経ち過ぎて、相手の顔を憶《おぼ》えていないという、とんでもないものだった。もし横断歩道の向こう側に彼女が立っていても、僕は絶対に気付かない自信がある。彼女もそうだろう。

だけど、〈ビキニを着たら、はみ出た!〉というLINEは届く。僕は〈最近、新宿でアスター麺を昼に食べたら、胃がモタれて、夕飯を食べることができなかった。マジでおじさんだわ〉と返した。〈アスター麺って?〉と彼女。〈新宿にあるじゃん。『銀座アスター』って中華料理店。ちょっと高いけど、美味しいの〉と僕。〈へー〉と返事が来て、その話は終わる。

お互いメモ機能以上、恋人以下なのだ。

SNSが登場する十数年前から、僕たちはふたりだけで、つぶやきあっていたのかもしれない。ふと思ったことを、ふと何気なくつぶやく。答えが欲しいわけでも、結論を言いたいわけでもない。次の瞬間には消えてしまいそうな感情と言葉を共有できる関係。それは程よく心地いいものだった。

そして今日の夕方、事件が起こる。〈テアトル新宿はやっぱりいいわ〉と僕が送ると、秒で〈テアトル新宿の階段でイチャイチャしているカップルがいて、最悪なのを除いたらあそこは最高だ!〉と返信がきた。それを受け取ったとき、僕はまさにテアトル新宿の階段にいて、目の前ではカップルがイチャついていた。

「えっ!」と咄嗟《とっさ》に周りを見渡したが、映画が終わったところだったので、大勢の人たちが階段を上り下りしていて、彼女らしき人を判別することはできなかった。というか彼女の顔が僕はもうわからない。

〈いま、いた?〉と僕。

〈うん〉と彼女。

〈映画どうだった?〉と彼女が訊《き》いてくる。

〈うーん〉と僕は返す。

〈わかる〉と彼女は〝(笑)〟をつけてすぐに返信してきた。

〈銀座アスター、行ってみたいな〉と彼女からのLINEにはあった。

急いで階段を上がって、外に出た。

〈これからどう?〉と僕は迂闊《うかつ》に誘う。

〈いいかも〉と彼女から返信があって、僕はすぐに『銀座アスター』に向かう。

だけど結局、彼女は現れなかった。

〈ごめんね〉

次の日に連絡が届く。昨日、店の奥でひとり食事をしている女性がいた。

それが、彼女だったのかもしれない。

ふと〈ごめんね〉とだけ記されたメールを読んだときに、そう感じた。

そしてまた、僕と彼女だけの関係は通常営業に戻っていく。

いつか本当に、ふたりでアスター麺を食べる日が来るかもしれないし、やっぱり来ないかもしれない。

人は外見じゃない、というけれども、図らずも本当にそうなってしまった相手がいる人生も悪くはないなと、十六年目に入ったいま、しみじみと思っている。

「ミャア」

生姜焼き定食

渋谷の行きつけの定食屋には様々な人がやってくる。

この間は、最近ではとんと見なくなった大きな荷物を背負った、まるで行商のおばあさんという佇《たたず》まいの女性が来ていた。生姜焼き定食を食べているおばあさんの横には、持ち主より背丈がある大荷物が鎮座《ちんざ》ましましている。会計を済ませたサラリーマンたちは、その大荷物を上から下まで眺めてから、ガラガラと店を出ていく。

おばあさんの隣席には、スケートボードを入り口のドアに立て掛け、同じ生姜焼き定食を食べている、いわゆるいまどきの若者。昭和から令和まで、分け隔てなく世代の違う客を受け入れる定食屋に、僕は週の半分くらい通っている。

築五十年は経っているであろう古い雑居ビルの一階。席数は、カウンターが八席、四人座れるテーブル席が二つ。年季の入った木製の古時計と、ヨレた大相撲のカレンダー、黄ばんで判別不明のサイン色紙が数枚、壁に飾られていた。

この店では、だいたいの客が生姜焼き定食を注文する。煮魚定食や、日替わりの焼き魚定食もあるが、一番人気は生姜焼き定食で間違いない。脂身の多い豚肉を使って、醤油ベースの甘辛い特製ダレで炒めてある。特製ダレは、焼き鳥のタレのように大きな缶の中に入っていて、継ぎ足しで守られてきた秘伝のタレといった様相だ。大ぶりに切った玉ねぎはシャキシャキ感が多少残る程度に炒めるのが特徴。添えられた千切りキャベツとご飯、味噌汁はお代わり自由で、圧倒的な庶民の味方と言っていい。

店主は五十代くらいだと思う。ごま塩の丸刈り頭がとても似合う細身の寡黙《かもく》な男性で、「いらっしゃいませ」と「ありがとうございました」以外の日本語は、「はい」しか聞いたことがない。店主の奥さんで白い前掛けが似合う、四十代くらいの恰幅《かっぷく》の良い女性が、寡黙な店主に代わり、お天気話から常連との雑談まで、器用に相手しながら、店主が作る料理を手際よく運んでいく。

先週末、昼どきにその定食屋に行くと、珍しく店主ひとりだった。奥さんは休みかな？　と思いつつ、ばかの一つ覚えのように「すみません、生姜焼き定食をひとつ」と告げた。「はい」とだけ答える店主。昼どきなのに、寡黙な店主とふたりきりの店内は、居心地が良いとは言い難い。ジュウウと豚肉がフライパンで焼かれる音だけがやけに大きく響いていた。

「おわっ……」

そのとき、店主の驚いた素の声が漏れた。左手におたまを持ったままフリーズし、下を覗《のぞ》き込んでいる。

「ど、どうしました?」と慌てて僕は尋ねる。

「猫。猫です……」固まったままの店主がそう答えた。

「ちょっと……、手伝ってもらっていいですか?」

店主はおたまをスローモーションのようにゆっくりフライパンの中に置き、カチッと火を止めた。厨房《ちゅうぼう》の後ろのドアが少し開いていたので、猫が迷い込んでしまったらしい。

「じゃあ、そっち行きますよ」と僕は席を立って、音を立てないように厨房のほうに回り、店主の足元を屈《かが》んで覗き込む。

「ミャア」

小さくそう鳴く声の主は真っ白な仔猫。それも三匹。店主の足元にそれぞれが絡みつくように、転がったり、靴ひもを引っ張ったり、しがみついたりしていた。一匹、一匹、僕は慎重に捕獲する。店主も最後の一匹を両手で大事そうに掴《つか》んで持ち上げると、胸の辺りで優しく抱き締めていた。

「生まれて初めて猫に触りました」と店主。

「本当ですか？」僕は、突然の告白が可笑《おか》しくて、思わず笑ってしまう。

「あっ！」と店主が指差すほうに目をやると、厨房の少し開いた扉から、ブチの可愛い顔がもう一匹、こちらを覗いている。

「四兄弟だったか」と店主が小さな声でつぶやき、「これは毎日、牛乳でもやらないといけませんね」と続けた。

一度も見せたことのない、やわらかな笑顔を浮かべている。

「今度、ちゅ～るか何か持ってきますよ！」

思わず僕もそんなことを口走ってしまった。

一生、「いらっしゃいませ」と「ありがとうございました」だけの間柄だと思っていた店主と思わぬことで打ち解け、旅先で友人が出来たときに似た喜びがぐっと込み上げる。僕は少し高揚していた。今日までの寡黙なやりとりのすべてが、この日のための伏線か、フリか何かだったのではないかと勝手な想像が先走った。

それから一週間ぶりに店に顔を出すと、この間と同じ昼どきだというのに、店内は満席だった。

やっと空いた席は、カウンターの端っこで、店主の目の前。忙《せわ》しなく奥さんが、生姜焼き定食を持って、店内を縦横無尽に駆け巡る。

あのとき少しだけ開いていた厨房の後ろのドアは、しっかり閉められていた。店主もいつもの気難しい顔に戻って、黙々と調理している。この間の仔猫捕獲事件は夢であったかのように、僕たちはいつものよそよそしい関係に戻っていた。

「すみません、生姜焼き定食をひとつ」と僕が告げる。

「はい」と静かに店主は答えた。

「美味しい」と彼女は言った

シーフードドリア

横浜中華街で夕飯を食べて、ホテルニューグランドに泊まる。これは社会人になってから、「遠くに行きたい、でも近場じゃないと無理」というときに使う僕の奥の手だ。だんだん油っぽいものが堪《こた》える年齢になってきて、そのエスケープ方法も、年相応に変化していった。

近頃は、ホテルニューグランドのレストランで軽く夕飯を食べ、そのまま泊まってしまう。翌朝は一階にある『ザ・カフェ』で朝食を食べて、世知辛い現実世界に戻るというのが定番だ。

中目黒で打ち合わせが終わって、頭が回らないくらい疲れていたら、そのまま元町中華街駅行きの東横線にふらりと吸い寄せられるように乗ってしまうことがままある。

ホテルニューグランドは、窓の外に山下公園が見え、少し歩いて大通りを越えれば横浜中華街という場所にある。氷川丸がときどき、汽笛を鳴らすのも非日常感があっていい。

今朝、久しぶりに中目黒で打ち合わせだった。帰りに目黒川沿いをプラプラ歩いて、目に留まったカフェに入る。「打ち合わせ」というお題目が付かずにカフェに入るのは、久しぶりな気がした。予定は常にタコ足配線のようにこんがらがり、一つ終わると二つタスクが現れる細胞分裂のような状態だった。

注文したホットコーヒーを、半分くらい飲んだところで落ちつかなくなり、そそくさと会計を済ませて店を出て、東横線に飛び乗っていた。夜の打ち合わせ相手には、「ダルさが半端ない」と伝えて別日に変更してもらう。まんざら嘘でもなかったが、そんな一言では表せないほど精神的に参ってしまっていた。

多摩川が近づいてきて、罪悪感より解放感が増してくるのがわかる。仕事が追いかけてこない安堵からか、恐ろしいほどの眠気に襲《おそ》われた。うとうとしながら、僕はいつかの誰かと、いつかの自分を思い出す。

「シーフードドリア、一緒に食べたいな」

そう言ったのは彼女のほうだった。本当に失礼なのだが、彼女の名前を正しく思い出せない。それに、彼女との関係性も、人には説明できないものだった。もしくは、言葉にしたくはない関係だった。

そんな彼女と僕は、いつかのある日、ホテルニューグランドに泊まった。僕はあのときもかなり仕事で行き詰まっていたが、それ以上に彼女は、人生に行き詰まっていた。何度か理由を聞いたことはあったが、「言葉にすると怒りがあふれてきてしまいそうだから」と、なかなか教えてくれない。

ふたりで一泊して、朝は中華街で中華粥《がゆ》を食べる予定だったのに、起きることができず、チェックアウトギリギリまでぐずぐずしてしまった。一度ちゃんと休めたことで、毛穴という毛穴から、疲れと澱《よど》みと世間体が漏れ出すような朝だった。

僕たちは身体を引きずるようにしてチェックアウトをして、近くのマクドナルドでコーヒーを買った。

山下公園のベンチに座り、コーヒーをすすりながら、しばらくぼんやりしていた。空は雲が一つもない快晴で、暑くも寒くもない。風だけが強い日だった。ベンチに体育座りをして、ぼんやり行き交う人々を眺めていた彼女が、仲良くランニングをする老夫婦を目で追いながら、「いいなあ」とだけつぶやく。

そのとき、また氷川丸の汽笛が鳴る。あまりの汽笛の音の大きさに、ケラケラと笑い出す彼女。

季節は初夏で、僕はまだ若かった。彼女もじゅうぶん若かった。

彼女はもうすぐ仕事の関係でカナダに行ってしまうということをそのとき教えて

くれた。

「遊びに来てよ」老夫婦の姿を追いながら彼女がゆっくりと言う。

「うん」とは答えたが、僕のパスポートは何年も前に有効期限が切れていた。それに「温泉に行きたい」という細《ささ》やかな夢ですら、簡単に叶えることが難しいほど仕事が多忙を極めていた。

「ちょっと風が冷たい。シーフードドリア一緒に食べたいな」と彼女が言った。

僕たちは、もう一度、ホテルニューグランドに戻り、一階の『ザ・カフェ』で、約束通りシーフードドリアを注文した。

「昼だけど」と断りを入れてから、白ワインも注文する。

程なくして現れたシーフードドリアは、グラグラと熱を放出しながら、立派なホタテやエビがゴロゴロ入った豪勢な一品。熱い器に注意しながら、スプーンで一口すくってみる。「ホフホフ」と漫画のようなリアクションをとってしまう。その瞬間、白ワインを一口、口に含んでみる。シーフードドリアと少し酸味のきいた白ワインが口の中でゆっくりと溶け合っていく。そして白ワインの味が増した瞬間に、ゴクリと喉を通過させる。するとなんとも言えない多幸感が、口いっぱいに広がる。

彼女もすぐにその食べ方を真似した。ゴクリと喉を通過させたあと、「美味しい」と言った彼女が、「わたしさ、やっぱり離婚するのやめようと思うんだ」と行き詰まったすべての話をし始める。

話が終わる頃、彼女は「美味しくて、涙出ちゃった」と頬をそっと拭きながらつぶやいた。

それから彼女がカナダから帰ってきたのかどうか、僕は知る由もない。

東横線は多摩川の陸橋を越えて、一目散に横浜を目指している。座席はほとんど空いていて、陽射《ひざ》しは優しい。季節は秋なのに、春のような暖かさだった。少しだけ喉が渇いていた。僕はまたうつらうつらとしてしまう。眠ってしまいそうだ。口がシーフードドリアを欲している。白ワインも必ず付けようと心に決めていた。あのときの、名前も思い出せない彼女は、何をしているだろう。彼女もまた、僕の名前は忘れてしまったかもしれないが、あのシーフードドリアを一口含んだ瞬間を、ふと思い出したことはあるだろうか。

でたらめな おまじない

ピザトースト

真夜中。ふと起きたときに、「あれ？　おねしょしてしまったんじゃないか？」と思うことはないだろうか？

「いやいや、ないでしょ普通。いくつだよ」と無慈悲なツッコミが聞こえてきそうだが、正直、僕は年に数回「あれ？」と肝を冷やすことが未だにある。

会食の席で何度かその話をしたとき、「ああ、俺も股間あたりをまさぐって、セ～フ！　なんて日がたまにありますよ！」とか、「わたしも年に何度かシーツを確認して、ホッとしたりしています」などと返してくれた人はひとりもいない。ほとんどの人は、「人生でおねしょをしたことなどありませんけど」という顔で社会人生活を送っている。

ということを踏まえると、本格的に自慢話ではないのだが、僕は小学五年生まで、週に一度くらいはおねしょをしていた。低学年の頃は、「ったく」くらいでシーツを替えてくれていた母も、高学年まで続いたおねしょに、「この子は何かの病気なんじゃないか……」と真剣に心配し始める。

中学生のときに一度失敗したときは、朝食を食べながら、母が途中で泣き崩れてしまった。こちらもいち早く泣き崩れたかったが、先に泣かれてしまったので、ジッと耐えながらピザトーストをかじるしかなかった。冷えてチーズが固まったピザトーストを手に持ったまま、母が顔を覆って泣く姿をしばらく眺めていた。

「自分はみっともない人間なんだ」と心から理解した瞬間だった。

そんな雰囲気の中で、「今日、弁当は?」などと言えるわけもなく、僕は食べかけのピザトーストをラップに包んで、学校に持っていくことにした。

僕が家を出るまで、母は顔を上げてくれなかった。

あの日は春で、例年より早めに咲いた桜の花びらが、路肩の隅に集められ、汚く山を作っていたのを憶《おぼ》えている。

今朝、目黒川沿いの喫茶店で、知り合いのグラフィックデザイナーの男と打ち合わせをしていた。彼は結婚八年目で、娘さんがひとりいる。聞けば、小学二年生の娘さんが最近、頻繁におねしょをするようになったらしく、ひどく悩んでいた。失敗するたびに奥さんが娘さんをあまりにも怒鳴りつけるので、彼もホトホト疲れ果て、夫婦関係に亀裂が生じているらしい。

僕は自分のおねしょ話を全部彼に話してみた。

「おねしょ体験者のそんな生々しい話、初めて聞いた。参考にするよ」と彼は言ってくれた。やはり世間では、「おねしょ」は軽いタブーなのかもしれない。

かつての僕のおねしょ防止にかなり効いた「暗示」がある。

子どもの頃によく通った駄菓子屋には、近隣の子どもたちみんな、自分の悩みを相談できる店主のおじさんがいた。おじさんの口ぐせは、「俺は長くない」だった。だから、あまり周囲に知られたくない話が親や友人に漏れ伝わることもないだろうと、子どもたちはみんな安心しきって、彼に人生相談をしていた（実際にはまだ余裕で生きている）。

さらに、おじさんはよく「俺は小学校卒だ」とか「昔、泥棒で食べていた。でも、年だから最近は銀行強盗をしているんだ」などなど、でたらめ過ぎるホラ話をしては、子どもたちの警戒を解いてくれた。

おじさんはダメな大人のフリがうまかった。

僕はあるとき、店に誰もいないことを確認すると、おじさんにおねしょの話、母親が泣き崩れた朝の話を打ち明けたことがある。おじさんはそのとき、「へその下あたりに、カイロを一枚貼ってみろ。そうすると、ピタッ！　とおねしょは止まる」と教えてくれた。

「ほんと？」と僕が尋ねると、「おじさんな、カイロ貼らないといまでも、おねしょしちゃうんだよ」と睨《にら》みつけるように神妙な面持ちで僕に言う。

僕は早速その日から、へその下あたりにカイロを貼ることにした。すると、ゼロとまではいかなかったが、以来、ほとんどおねしょをしなくなった。

よりどころ、ある種の「安心」があの頃の僕には必要だったんだと思う。おじさんは、カイロ一枚で、僕の緊張と不安を解いてくれた。

その話を目黒川沿いの喫茶店で、グラフィックデザイナーの彼に打ち明け、とにかく娘さんを安心させてほしいと伝えた。失敗することなんて、大人になってもたくさんある。だから、まずは不安を解いてほしいと。時間はまだ早朝で、モーニングのピザトーストとブレンドコーヒーを僕は注文した。

少々長く生きていたら、完璧な人間なんてひとりもいないことに気づく。立派な大人のフリがうまい人間と、なかなかうまくフリができない人間がいるだけだと気づく。だから、すべての処置は応急処置でいいと思っている。騙《だま》し騙しで十分だ。生きながらえてしまえば、すべての問題は余裕でどうにかなると信じている。

「どうだ？うまいだろう？」

父のチャーハン

今日、神保町の中華料理屋で、久しぶりにマズいチャーハンを食べた。

チャーハンなんてだいたい誰が作ってもまーまーなものになるもんだ、と思っていたが、これがとんでもなくマズかった。まず、油が多すぎる。完食した人間は胃もたれ必至だろう。それに突然塩が濃かったり、ほとんど味がしないところがあったりと、食べていて味がまったく定まらない。

さらに、一緒に付いてくる中華スープが、なんだか酸味だけが際立ち、白湯《さゆ》っぽさがすごい。僕は途中から、作った店主を睨《にら》みつけるようにしてチャーハンを掻き込んでいた。

どこかの美食家が、「人は死ぬまでに食べられる食事の数は決まっている。貧乏人も金持ちも、その数だけはほとんど同じだ。だからこそ、今日の一食を無駄にしてはいけない。その彩りこそが人生を左右する」と言っていた。細かいニュアンスは違ったかもしれないが、だいたいそんな感じだったと思う。

とにかく僕は死ぬまでの貴重な限りある一食を、今日、確実に、無駄にしてしまったのだ。

「食べたらカウンターの上に食器置いてよ」

睨みつけるように懐疑的にムシャムシャ食べていた僕に、ぶっきらぼうで愛想の欠片《かけら》もない店主が、指示をしてきた。そういう態度も、普段はそんなに気にしないが、とにかく今日は信じられないくらいにマズいチャーハンを食しながらの命令口調。ブチッと堪忍袋の緒が切れる音がした。

「せめて自分が作ったものに愛を傾けろよ！」と訴えたかったが、我慢した。別に声は荒げないが、無言の抗議をする僕に対して、負けずに睨みつけてくる店主。こんな無駄な時間が、人生にあってはいけない。

根負けした僕は、「ああ……。はい」と出来るだけヌルく返した。

昔、父が一度だけ料理を作ってくれたことがあった。前日の夜、母が風邪からくる腹痛が原因で、トイレで倒れ、翌朝になっても布団から起き上がれずにいたからだ。妹と僕はまだ幼く、母に水枕を作ることくらいしかできない。

その日は週末で、幸い父が家にいた。普段は料理をしない父が、横になった母から作り方を聞きながら、律義にメモを取り、母のためにおかか入りのお粥《かゆ》を作った。母はそれを一口食べて、「うん」と微笑む。僕と妹はその母の表情を見て、心底安心したのを憶えている。

父は母の枕元で正座をしながら、母のおでこに手を当て、「まだ熱あるな」とつぶやくように言った。風邪薬を飲んだ母は、すぐにまた眠ってしまう。

そのとき、妹のお腹がわかりやすく、グ～と鳴り、声を殺して、「おなかへった」と僕に伝えてきた。ちょうど昼どきだった。父が「お母さん寝ちゃったから、チャーハンくらいしか作れないけど、それでいいか？」と訊いてきた。「できるの？」と心配そうな妹に、「お父さんは、ひとり暮らしだった頃、よく作ってたんだよ」と自慢げに言った。

それから父は、冷蔵庫に残っていたにんじん、キャベツ、ピーマンなどの野菜の切れ端をザクザクと切って、冷凍されていたご飯を解凍する。僕と妹は、後ろ手に手を組んでその様子をうかがっていた。妹は、キッチンに立つ父の慣れない包丁捌《さば》きが面白くて仕方がないといった感じでニヤニヤしていた。

父がフライパンに油を敷いたところで、「あー、ちょっと多かったかも」と早くも後悔を口にする。ご飯を投入した際も、「あー……、たまご先だったか！」とため息まじり。そのたびに妹は、その横でひっくり返るように笑っている。僕は粉末のコーンスープをマグカップに均等に入れて、お湯を注ぎ、テーブルに並べる。「はい、どうぞ〜」父は、自慢げにチャーハンをフライパンから大皿に全部のせ、小皿とスプーンを僕たちに配った。

「いただきます！」

もうお腹がぺこぺこの妹は、大袈裟に手を合わせてから、チャーハンの山をスプーンで崩すように掬《すく》う。続いて僕もチャーハンをよそう。

父は僕たちの反応を盗み見ながら、コーンスープにそっと口をつけた。

「どうだ？　うまいだろう？」こちらが一口食べるか食べないかで、父は急かすように訊いてきた。ご飯の山の下のほうは、油でびしょびしょ。ピーマンにいたってはあまり火が通っていない。塩コショウが効きすぎているところと、ほぼ味がしないところがあった。明らかにイマイチだったが、僕より先に妹が、「うん、おいしいねえ〜」と父に向かってダブルピースを作った。

それを見て、あからさまに安心した表情になった父は、チャーハンを自分の皿に盛って、ゆっくり一口食べる。

目をつむる父。しばらくの無音がリビングを支配した。

僕は慌てて、「おいしい、おいしいよ！」と言って空気が停滞するのを防ごうとしたが、しっかりじっくり噛みしめた父が「やっぱりお母さんのチャーハンはうまいんだな……」としみじみ言った。

その言葉を聞いて、妹が上を向き、また大笑いを始めた。

たしかに味はイマイチだったかもしれない。でも、僕たち兄妹にどうにか美味しいチャーハンを食べさせたい、という父の気持ちは伝わった。

愛がふんだんにふりかけられた料理を、子供ながらに「マズい」の三文字で片付けるわけにはいかないと思った。

神保町の中華料理屋で、ただただマズいチャーハンを食べながら、あの日、キッチンに立ち、あーでもないこーでもないと工夫しようとしてくれた父の姿を思い出す。油でびしょびしょのチャーハンが一瞬だけ、懐かしい味に思える。

でも次の瞬間――。

「ガリッ」と奥歯で塩の固まりを見つけ、僕はもう一度、店主を睨んだ。

雨、
しばらく止まない
みたいですよ

ハイボール

新宿ゴールデン街はその日、しとしとと雨が降っていた。

いまから五年前の夏の夜。付き合いで顔を出す予定だった店がわからなくなり、先に着いているはずの編集者に待ち合わせ場所を尋ねるメールを送った。

雨は止《や》みそうで止まない感じで、ジャケットを頭から被って、走って行くサラリーマンが何人か目の前を通りすぎる。一軒のＢＡＲの軒先に、ちょうどいい感じのスペースを見つけ、そこまで走って、とりあえず雨宿りをすることにした。

編集者からの返信は、まったく返ってこない。電話もかけてみたが、何度かけても繋《つな》がらない。ため息をつき、軽く途方に暮れていると、「雨、しばらく止まないみたいですよ」と、開いていたドアの奥から声をかけられた。

振り向くと恰幅《かっぷく》のいい店主が、カウンターの中で静かに微笑んでいる。シワひとつない白いシャツに、黒いパンツ。新宿ゴールデン街にしては、やけに本格的なバーテンダーの格好だった。まじまじと店内を覗くと、こちらもまたゴールデン街らしからぬ、重厚な銀座あたりのＢＡＲのような雰囲気がある。『出窓』という店名通り、入り口横にあるステンドグラスの窓は、外に向かって出っぱっていた。

「一杯どうですか？」

そう言って、店主はウイスキーが薄《う》っすら入ったグラスを掲げる。その瞬間、雨が一段と強くなった。

「雨音は落ち着くんですけど、ここまで降られちゃ不安になりますね。さあ、こちらへどうぞ」

店主に促され、僕は店の敷居をまたいだ。スニーカーの中が、気持ち悪いくらいに濡れていることに、そのときやっと気づく。入り口に一番近いところに座って、店内をもう一度ゆっくり見渡すと、コンパクトなワインセラーが、店の奥にあるのが見えた。

「僕はもともと、ワインの卸をやっていたんですよ」

店主が気づいて、グラスを拭きながら教えてくれた。

昔、ゴールデン街に、行きつけの店が一軒あった。僕は密《ひそ》かに『らもの店』と呼んでいた。レコードで埋まりそうなほど狭い店内で、店主は見た目が中島らもにそっくりだった。その当時、まだテレビ業界の隅っこで働いていた僕が、よくツケで飲んでいた店だ。

「来月まとめて払うね」と、なんの保証もない先行き不安な男が言う言葉を、らもは信用してくれた。ただ、彼はあまりに多くの人の言葉を信じてしまって、結果、店が回らなくなり、逃げるようにゴールデン街を去ることになる。僕はかろうじてツケを全部払い終えたが、いろいろな人に相当踏み倒されて、彼自身も相当踏み倒したことを、彼との共通の友人から後々聞いた。

彼は人を信じるプロだった。

「俺、Jリーガーなんだ」

ある夜、細身のスーツ姿の男が、そうつぶやいた。らもは誰よりも早く、「へ〜、あんた凄《すご》いじゃない」と言って、男が飲みかけているウイスキーのグラスに、コポコポとウイスキーを足してしまう。

「ブラジルにダムを造るプロジェクトで、多分日本に帰ってくるのは十年以上先になる」

しみじみと、そんなことをつぶやいた金髪の男もいた。そのときも、らもは誰よりも早く、「醤油が恋しくなるよ〜、絶対!」と言いながら、焼酎かなにかを注いでしまっていた。

彼らが本当にその職業だったのか、いまとなっては誰にもわからない。その夜だけ、ふとつきたくなった嘘だったのかもしれない。お酒で気持ちが大きくなったのかもしれないし、気持ちが寂しくなったのかもしれない。そのどちらも受け入れてくれるBARが、僕は好きだ。

夜逃げのように消えたらもから一度電話をもらったことがあった。電話口の彼の説明では、静岡にある車のエアバッグを作る工場で働いていると言っていた。やけに早口だったのを憶《おぼ》えている。彼は電話を切る直前、「それでさ、二十五万だけ貸してくれない？」と、さらにまくし立てるように言った。

僕はさすがにしばらく考える。彼もそこからひと言も発しない。

電話の向こうから、車のクラクションが短く鳴って、「わかった」と僕は言ってしまった。

「必ず返すから」と彼は念を押すように何度も言っていたが、やっぱり返ってくることはなかった。彼がいまも元気でいるらしいことは、共通の友人から聞いて知っている。

僕も一度だけ嘘をついたことがあった。「あんた、何やってる人？」と、らもが聞いてきたときのことだ。

「いろいろ描いてるんですよ」

酔いが回って、そう言ってしまったことがあった。僕の中では、画家の設定だったけれど、彼は僕のことを作家のたまごと思ったらしい。

「へ〜、あんた凄いじゃない」といつも通り信じてくれて、「いつか小説、読ませてよ」と、濃いめのハイボールを作ってくれた。調子に乗った僕は、「成功するか不安なんです……」なんて言ってしまう。

すると彼は僕の肩を両手でガシッと掴《つか》んで言った。

「あんたね、人間は成功するために生きてるんじゃないんだよ。納得するために生きてるんだよ」

その言葉は、いまも僕の真ん中にある。

五年前と同じような、しとしとと雨が降る新宿ゴールデン街で、僕は少しだけ寂しくなっていた。ＢＡＲ『出窓』の店主が、「ハイボール？」と聞いてきた。今夜も嘘をついてしまいそうな気がして、「薄めで」と僕は短く答える。結局、雨は明け方まで一度も上がることはなかった。

きれいに騙して

風俗嬢のお弁当

僕がテレビ業界にいたときの後輩に、変わった風俗体験をした男がいた。彼の話の一部を、僕はのちに『これはただの夏』という小説で使わせてもらった。それほどにインパクトのある話だった。

僕たちはその頃、とにかく深夜まで働いていたので、真夜中に雑談をする時間は十分にあった。とある徹夜気味の夜、彼は神妙な面持ちで、その話を切り出す。

彼の話によると、行きつけの風俗店に気になる女性がいて、彼女は二十五才の子持ち。将来の夢はモノマネ歌手だという。

「モノマネ歌手!?」

僕は思わずそこに食いついてしまった。

「はい。いつもプレイが終わったあとに、全裸の彼女が工藤静香メドレーをモノマネしながら歌うんです。それを僕は、全裸のままベッドに座って拍手をするというのが恒例なんです」

彼はいかにも嬉しそうな笑みを浮かべ、狂気の儀式の一部始終を説明してくれた。彼女はだいたい五曲は歌うこと(ミニアルバム一枚分)。薬師丸ひろ子もレパートリーにあること(もう、絶対に二十五才じゃない)。彼女の工藤静香のモノマネを見るためだけに、彼は毎回延長までしていること――。

これはもう完全に彼女の作戦勝ちな気がしてきたが、面白そうなのでもう少し泳がせることにした。

「本題はここからなんです」

そう言って、彼はカバンの中から空の弁当箱をガサゴソと取り出す。

「彼女が毎回、お弁当を作ってきてくれるんです。栄養つけてね！って」

僕はそこで仕事の手を止め、キレイに洗ってある空の弁当箱を隅々まで確認した。

スヌーピーのイラストがあしらわれた、なんの変哲もない弁当箱だったが、なんの変哲もないだけに、シチュエーションとのギャップに迫力が出て、目が離せなくなった。

お弁当の中身は、いつもだいたい唐揚げと野菜のおひたし、それに二段の海苔弁ということだった。ときどき、水筒に入れた味噌汁が付くこともあるらしい。

「それで!?　それから!?」

僕はやっと本腰を入れてその話を聞きたくなってきた。

「このお弁当箱を返しに行かなきゃいけないんで、次の予約を入れました。それは絶対騙《だま》されてるよって、人からはよく言われるんですけど、僕はもうきれいに騙されたいんです」

大切そうにお弁当箱を見つめながら語る彼を、誰があざけり笑えるだろうか。

僕にもたしかに覚えがある。学生時代、通っていた塾の講師の女性にひと目惚れしてしまい、文系だったのに、数学の授業を無駄に受けていたことがあった。それどころか、数学の小テストで、満点近くを取るまでになってしまい、文系から理系に変更するかどうか迷うまでになった。

僕はまんまと、期間限定の褒められて伸びるタイプに成長していた。その塾講師の女性に、ただただ褒められたかった。

もちろん向こうの方が一枚も二枚も上手《うわて》で、愛だ恋だという青臭い感情をガソリンに変え、下心全開で勉学に勤しむ僕の前に、甘いご褒美をちらつかせる。

「いつかごはんでも行こうね」

右手の薬指に細い銀の指輪を光らせながら、塾講師の女性はどこにもたどり着かない約束をいつもささやいてくれた。それでも僕は、馬鹿みたいに単純でありたかった。彼女の言葉の裏書きは、出来るだけ読み取らないようにしていた。だって、あのときの僕はまさに、もうきれいに騙されたかった。

この世界で一番尊い感情は、「きれいに騙して」ではないだろうか。

「わかる」

思わず、力の入った共感を口にする。

結局、モノマネ風俗嬢の彼女は、突然店を辞めてしまったらしく、彼の恋という か主従関係はもちろん成就しなかった。

先日、その彼と久しぶりに飲む機会があった。彼はその後、マッチングアプリで 知り合った女性と結婚をして、半年で別れたことをこれまた事細かに教えてくれた。

酔いが回った彼がしみじみ言う。

「あの子どうしてるかなあ」

「お弁当の子?」

僕がそう聞くと、「はい……」と俯《うつむ》く始末。

プレイ後に、おもむろに「はい、お弁当。栄養つけてね」と渡されたときのこと を、冗談ではなくいまでもときどき夢に見るのだという。

ふたりで、なんのしみじみかわからないしみじみを味わいながら、その日はそのまま終電が間に合う時間に帰ることにした。

帰宅後、すぐに彼からの電話が鳴った。

「お弁当！」

電話口の彼が焦った声で大声を出す。

風俗の感想を書き込む掲示板（なんだ、その掲示板は！）に〈プレイ後、お弁当をサービスする嬢〉という一文を見つけて、いまから現地に確認に行くとのこと。

この世の誰も期待していない第二ラウンドのゴングが、いま鳴らされた。

ちょっと、上がっていかない？

おにぎりと味噌汁

中国出身の高齢な女性が一人で営んでいるマッサージ店に、定期的に通っている。その店に行くと、腰痛も肩こりもしばらく忘れることができる。腕のいいマッサージ師だ。

いつの頃からか、僕は彼女のことを「姉さん」と呼び、向こうは僕のことを「トシ」と呼ぶ間柄になっていた。別れた日本人の旦那との間にできた息子が「俊夫」で、僕にちょっと顔が似ているらしい。

塩分の摂りすぎがなにより身体に悪いことは知っている。なのに、日々のほとんどを外食で済ませているので、どうしても塩分過多になってしまう。

姉さんはいつも僕の食生活を心配してくれて、「鍋にして、野菜をたくさん摂るように」とか、「油はほどほどにしなさい」と揉みながらアドバイスをくれる。

施術が終わると、「ちょっと待っててよ」と、僕を残して、部屋の隅に申し訳程度にある小さなキッチンにそそくさと行ってしまう。そして、炊飯器を開け、おもむろにおにぎりを握り出す。

散々僕を揉みほぐした手を洗わずに、そのまま力強く素手でごはんを握る姿を見て、姉さんの豪快さを改めて感じながら、それでも手は洗ってほしいという気持ちが交互にやってくる、不思議な時間を毎回味わっている。

施術ベッドに座って待っている僕の元に、握りたてのおにぎりを皿に乗せて戻ってきた姉さんは「エネルギーたっぷりだよ」と満面の笑みで言う。

塩気はかなり抑え気味で、具はエネルギーだけで何も入っていない。加えて、味噌汁まで温めて出してくれる。味噌汁の具は季節によって毎回違うが、野菜スープさながらに、具が多い。特に僕が気に入っている具材は、焼いた茄子と、これまた焼いたタケノコだ。日々、今日が何曜日なのかもわからないような日常を送っている僕が、唯一季節感を目から内臓まで全部で感じるのが、姉さんが作る味噌汁だ。

姉さんと二人で、おにぎりと味噌汁を食べながら、近況を語り合うのが毎回の施術後の恒例。月に一回、この儀式をして、今年で十年になる。もう、東京の母といっても過言ではない。

高校の頃、学校から帰る途中に、もんじゃ焼き屋があった。僕は週に三回は通うほど気に入っていて、人生で初めての「行きつけの店」になった。本当は四百円するところを学割だといって、いつも半額の二百円にしてくれていたのも、常連っぽくて気に入っていた。

働き者のおばあさんが一人でやっていて、割と繁盛している人気の店だった。おばあさんは僕のことをやけに可愛がってくれて、「これ飲みな」と、他の客に気付かれないように、冷えたコーラや三ツ矢サイダーをサービスでこっそりテーブルの下に置いてくれた。

もんじゃ焼きの作り方が下手な僕は、毎回土手の部分から、具や汁が早々に決壊してしまうので、おばあさんが「コラコラコラコラ」と笑いながら手伝ってくれた。

ある夏、「ちょっと、上がっていかない?」とおばあさんに手招きされ、僕は店の二階に呼ばれる。その日がお盆だったことに、僕は二階に上がって、仏壇に飾られた花やお盆用の提灯《ちょうちん》を見て、初めて気付いた。

お線香の横に写真が一枚飾られていた。早くに亡くなってしまった、おばあさんの息子さんだという。

「あんたの目とそっくりだと思わない?」

おばあさんはそう言って、お茶の準備をしてくれた。まじまじと写真を見たが、僕には似ているかどうか、判断がつかなかった。それでも、おばあさんがニコニコしていたので、それでいい気がした。

戦争の話、空襲をどう掻《か》い潜《くぐ》って、息子さんをおぶって逃げたのか、もんじゃ焼き屋をなぜ開いたのか、いろいろな話をその日、聞かせてもらった。

学校を卒業するまで、僕はおばあさんに甘えて、学割でもんじゃ焼きを食べていた。ときどき、お線香もあげさせてもらった。

おばあさんが入院したと聞いたときは、一度だけお見舞いにも行った。そのとき、初めて僕の手を取り、自分の手で拝むように包み込み、涙を流していた姿が忘れられない。

ちっとも似ていない僕のどこに、亡くなった息子さんを感じてくれていたのだろうか。

「これも今日は持って行きなさい」

姉さんがタッパーに入ったポテトサラダを冷蔵庫から出してくる。マッサージに行って、おにぎりと味噌汁を出され、帰りにポテトサラダを持って帰るのは、世界でただ一人、僕だけな気がした。

姉さんのポテトサラダには、玉ねぎとレタスがたくさん入っている。しっとりマヨネーズを纏《まと》ったじゃがいもに混ぜ込まれた野菜のシャキシャキとした歯ごたえがたまらない。

帰りしな、姉さんに息子の俊夫さんのことを聞いてみた。別れた旦那さんのお母さんが、俊夫さんを育てることになり、ときどきしか会えないのだと教えてくれた。笑顔だったけれど、少し寂しそうに見えた。

来月またタッパーを返しがてら、僕は姉さんの店に顔を出すつもりだ。そしてきっと、おにぎりを一緒に食べながら、母のような小言をたくさん言われるはずだ。

子どもと大人の家出事情

チョコレート

仕事場近くの中華料理屋で、早めの夕飯を食べていたとき、テレビから某カレーチェーンの工場で、カレールーが出来上がるまでの工程を解説する番組が流れていた。どこまでもシステマチックに計算し尽くされた機械は圧巻だった。大鍋で、ほぼほぼ出来上がったカレールーに、最後の隠し味が入れられるところで、CMに入ってしまう。

「味噌だな」と店主がポツリ。

「バターでは？」と僕は返したが、店主は味噌で譲らない。

CM明け、ルーの入った大鍋に大量のチョコレートが投入される模様が映し出された。「チョコレートかあ……、確かにコクが出るわ」と店主が感心している。その映像を観ながら、僕は小学生の低学年だった頃の、とある冒険を思い出していた。

その日、僕は信じられないほど機嫌が悪かった。なんであんなに苛立っていたのか、いまとなっては謎だが、とにかくパート終わりで夕飯の支度をし始めた母に、僕は食ってかかる。母はいかにも面倒臭いという感じで、「はいはい」と僕のいちゃもんのすべてを受け流す。「じゃあもう家出する！」僕はそう宣言して、ランドセルに冷蔵庫に入っていた食料を無作為に詰め込んでいった。あの当時、どこで「家出」

という概念を知ったのか謎だが、とにかく僕はランドセルがパンパンになるまで食料を詰めに詰めた。キッチンに立って夕飯の支度をしている母の背中に向かって、「バイバイ、さよなら」と今生の別れを真剣に伝えたことを憶《おぼ》えている。母はこちらを振り向くことなく、また「はいはい」とだけ言った。

子どもの頃、よく「もう死ぬ！」とか「もう他の家の子になる！」とかいきなり言い出して、困らせた。とにかく謎のバイオリズムで、突然の苛立ちが僕を襲うことが、よくあった。母には本当に面倒をかけたと思っている。

僕はドスドスとできるだけ足音を立てながら玄関に向かう。靴を履いて、母が追ってこないことを一度確認してから玄関のドアを開け、家を出た。最初、家からかなり遠くまで歩いたが、すぐに心細くなり、結局家から数軒先の駐車場まで戻ってくる。停まっていた小型トラックの後ろに隠れて、ランドセルを開け、冷蔵庫から持ち出したスライスチーズを取り出す。包装されたセロハンを剥がし、チーズを四つに折って一口でぱくんと食べる。家出先（数軒先）で食べるスライスチーズは大人の味がした。特にすることもないので、ランドセルをまた開け、今度は父親が出張でお土産として買ってきた那須高原の板チョコを一欠片、口に入れる。大して疲れていなかったが、わずかな疲れが取れた気がした。

そのとき、高校生くらいのいかにもな不良たちが、駐車場にゾロゾロ入ってきて、しゃがみ込むと、そろってタバコを吸い始めた。僕は小型トラックの後ろで、出来るだけ存在を消しながら、抜き足差し足、その場から脱出することに成功。

いつの間にか陽は暮れていて、どこかの家では夕飯の支度が終わろうとしている。仕上げに入れたルーをかき混ぜるときのカレーのいい匂いが、ぷ～んと鼻をくすぐった。

春だったのだろう、駐車場横の家の庭に、きれいな梅の花が咲いていた。途端に心細くなった僕は、家出を切り上げ、早々に家へ戻ることにした。

子どもの家出は帰宅が早い。

社会人になってすぐ、ほとんど一緒に住んでいるような半同棲状態の女性がいた。僕はまだ実家暮らしだったので、彼女の家に週の半分以上は帰っていた。彼女は住宅展示場で働いていて、土日は必ず仕事だった。週末にひとりで彼女の家でゴロゴロとしていると、見なければいいのに、ゴミ箱に捨ててあった丸まったポストイットを見つけてしまう。そこにはボールペンで、「今日夜は?」と書かれた男の文字。さらに言わなければいいものを、夜に帰宅した彼女に、僕はそのポストイットを見せ、問い詰めてしまう。彼女は、「上司が冗談で書いた」と言ったあと、「なんか疲れる……」と吐き捨てるように続けた。

ここまで全部こちらが悪い。なのに僕は、さらなる愚行を重ねてしまう。「もういいや。さよなら」そう言って、荷物をまとめて、怒りをにじませた足音を、ダンダンと立てながら玄関まで向かう。彼女は一言も発しない。プライドが邪魔をして、僕は振り返ることすらできない。靴を履き、本当に彼女の家から出ていってしまった。

最寄りの駅近くまできて、僕はやっと振り返る。もちろん彼女の姿はどこにもなかった。

大人の家出は戻れない。

結局、彼女とはそれっきりになってしまった。数日後に電話をしたが、出てはくれなかった。全部こちらが悪いと思っている。大人の家出の事情をこうやって時系列に並べてみると、子どもの家出と大して変わらない身勝手さを痛感する。

小学生の頃の小さな家出の顛末はこうだ。

「ただいま」と言って、僕が居間に戻ると、母が「早く夕飯食べなさい」と一言。「わかった」と僕は素直に返事をして、ランドセルをそこいらへんに置き、洗面所に手を洗いに行った。テーブルの上にはじゃがいもがゴロゴロ入ったカレーライス。大皿に惣菜屋で買ってきたコロッケが山盛りになっている。

夕方のニュースを観ながら、母とふたり、じゃがいものカレーライスを食べた。食べながら母が「あんた、お父さんのお土産のチョコレート持ってってたでしょ？ったく。カレーに入れようと思ったのに」と吐き捨てるように言った。

母が作るカレーライスには、いつも隠し味でチョコレートが入っていた。

某カレーチェーンの工場で、ルーの中にドバドバとチョコレートが入れられる様を眺めながら、人生に二度あった、僕の甘々でトホホな家出遍歴を一気に思い出して、なんともビターな感傷に包まれた。

「信用金庫のカレンダーみたい」

冷たい唐揚げ

上野で打ち合わせが終わったあと、一ヶ月まったく休んでいなかったことに気づき、ふと電車を乗り継いで、鬼怒川温泉まで行ってしまった。

鬼怒川温泉周辺は、ＳＮＳで何度も取り上げられるほど荒廃している。夕方に着いたのだが、廃墟が目立ち、ガラスが割れた古い旅館もそのまま残り、ちょっと不気味な印象だった。

駅に着いてから思いつきで宿を予約し、タクシーで向かう。

廃墟が立ち並ぶエリアに入ると突然、立派な建物が現れ、ピカピカのシャンデリアが僕を迎えてくれた。天井も高く、時代錯誤なほど昭和の雰囲気を漂わせる大きな温泉旅館だった。

館内は広く、通された部屋も、四人家族で一泊してもまったく問題がなさそうなほどゆったりとした造り。ただ、施設内はどこも年季が入っており、特に部屋の壁紙やトイレに長い歴史を感じた。お茶を淹れてくれた仲居さんが「朝食と夕食は、両方ともバイキングになります」と言って正座でお辞儀をし、出て行った。

広い部屋でひとり、大きく伸びをして、畳に寝転がる。バイキングなんてずいぶん久しぶりだ。「バイキングかあ……」とひとりつぶやきながら、ふと昔付き合っていた彼女のことを思い出していた。

「安くて美味しい餃子があるから案内するよ！」と言って、『餃子の王将』に連れて行ってくれるような女の子だった。「新宿に森があるんだよ！」と言って、『新宿御苑』を紹介してくれる人でもあった。

その昔、彼女と一緒に湯河原の温泉宿に行ったことがある。お世辞にも良い旅館とは呼べない、安くて古い旅館だった。

食事は朝も夜もバイキング。唐揚げが特に、解凍前かのように冷たかったことが忘れられない。彼女は人生初のバイキングだったらしく、「あっちでローストビーフ、その場で切ってくれるみたい！」とか「機械でパンが焼けるんだって！」とか、とにかく大はしゃぎしていた。美味しいか、マズいかの前に、提供される食事の温度は大事だと思う。温かいというだけで、だいたいの食事は許せる気がする。

テレビの下請けの仕事をしていたとき、不規則でいつ食事にありつけるかわからない働き方をしていた。だから、「冷たくなっても美味しいお弁当」を謳《うた》う業者のお弁当が、かなり重宝された。でも、みんな口々に「本当は温かいものが食べたいなあ」と言っていた。僕もまったく同意見で、冷めて美味《うま》い弁当より、温かいカップラーメンのほうが何倍も嬉しかった。

彼女と泊まった旅館の冷え切った唐揚げは、裏切ることなく、どんな味音痴でもわかるほどイマイチだった。だけど、目の前で同じものを彼女が美味しそうに頬張っている。僕は「冷たいね」という不満の言葉をのみ込んだ。

旅館の案内には、「大浴場」と書かれていたが、風呂は良く言っても中浴場くらいで、壁はカビだらけだった。シャワーは四つのうち、一つが壊れていた。部屋は薄暗く、置いてある鏡台が、いまにもこの世の物ではない何かを映し出しそうで怖かった。

そんなお化け屋敷のような宿に泊まった夜、真っ暗な部屋の中で、「いつかまた一緒に来れるといいね」と彼女はつぶやいた。東京から湯河原までは、一時間とちょっとあれば着く。「すぐ来れるよ」と僕は暗闇の中で返した。

帰りしな、道沿いから少し入ったところにある滝をふたりで見た。薄い色から濃い色。たくさんの色の緑が、豊かで深い森をつくっている。季節は春で、名前も知らない花が綺麗に咲いていた。滝がある場所から少し進むと、流れは急に穏やかになり、ベンチがぽつんとある。そこに座って、ゆったりと流れる川をふたりでしばらく眺めていた。

「きれいだね。信用金庫のカレンダーみたい」と彼女はポツリと言った。

「えっ？　……そうだね」と笑いながら僕は返した。

彼女の感性が好きだった。いまでも映画を観たり、旅先のカフェでぼんやりしているとき、「もし彼女だったらなんて思うだろう？」と考えることがある。

湯河原の安くて古いその旅館に、僕たちがもう一度訪れることはなかった。この間、土曜日のお昼にやっているテレビ番組を観ていたら、あの滝があった場所が、ずいぶんと整備され、若い人たちがたくさん訪れる観光地にリニューアルされたことを知った。

わかり易く「いまどき」になっていた。

部屋の電話が鳴り、「食事の時間です。大宴会場のバイキングになります」と案内された。僕は浴衣に着替え、会場に向かう。「いまどき」のバイキング事情がどうなっているのか知らないが、とにかくどれも温かく、どれも美味しくて驚いてしまった。海外からの観光客もたくさんいる。オムレツのほか、ラーメンや、ナポリタンまでその場で作ってみせる、実演調理のスタイルだ。皿の上に和洋折衷ぐちゃぐちやに並べて、片っ端から食べていると、隣のテーブルから声が聞こえてきた。

「ねえ、ミネストローネ食べた？　ちょっと味薄いんだけど」

見ると、黙々と美味しそうに食べる若い男性に、彼女らしき女性が話しかけていた。男性は口いっぱいに頬張っていて返事ができない様子だったが、皿の上の食べかけのオムレツを指差したあと、親指を力強く立てて「グッドサイン」をつくってみせる。「これ！」「美味しい！」とジェスチャーで伝えたのだろう。

彼女はほくそ笑み、「気のせいかも」とミネストローネへの不満をあっさり取り下げた。

冷たさもマズさもどうでも良くなるほどに、嬉しい食事というものがある。

僕はアツアツの唐揚げを食べながら、「そのイマイチな味もまた、いつか恋しくなる」と彼女に伝えたくなった。

有名になってどうするの？

チョコモナカジャンボ

SNSの数少ない良いところは「死にたい」とつぶやくと「わたしも」と返ってくるところだと思う。

ずいぶん前に、僕はそのようなことをつぶやいたことがあった。

そのとき、「わたしも」と返事をくれた人は、イラストレーターを生業《なりわい》にしている女性だった。彼女が取り沙汰されていたすべてを知っているわけではないので、言われていたどれもが謂《いわ》れなきことなのかどうか判断できないが、彼女が死にたいほど悩んでいたことは事実だ。

その日から彼女と文通のようなメッセージを交わすようになった。

あるとき、彼女から〈電話で話したい〉とメッセージが届く。

「もしもし……」

電話口の彼女はゴソゴソモゴモゴしながらそう言った。

「なにか食べてるの?」と僕が訊《き》くと、「バレた。チョコモナカジャンボ」と白状する。「挟まってるチョコが、パリパリで美味しいんだよね」と彼女はことのほか上機嫌だった。

ベッドに寝転んでいた僕は起き上がって、パーカーを着て部屋を出る。

「もしもし」と返しながらエレベーターに乗って、一階に降りる。そこから近くのローソンまで歩いて、アイスのコーナーで、チョコモナカジャンボを見つけて、レジまで持っていく。会計を済ませている間、彼女はケタケタと笑っていた。

部屋のベッドに戻り、チョコモナカジャンボをパリパリ味わいながら、「久しぶりに食べた」と言った。

「ね～、初めての電話なんですけどー」と抗議する彼女もまだ、ゴソゴソモゴモゴとチョコモナカジャンボを食べている。

「で、どうしたんだっけ？」ととぼけながら尋ねると、彼女は最近あった落ち込んだ話を一から順に丁寧に話し始めた。

「それは大変だ……」と、モゴモゴ答える。

「ね～、ちゃんと聞いてる？」と、彼女は笑っていた。

でも、程なくして、お互いちょっとシリアスに話し込んでしまう。

彼女は、一日に「死ね」「消えろ」と十通以上のメッセージが届くことを教えてくれた。僕は電話番号が漏洩して、いたずら電話が延々かかってきた時期があったと伝えた。

少しの静寂が訪れて、それをかき消すように彼女が言った。

「わたしさ、有名になりたかったなぁ……」

「有名になってどうするの？」と僕は訊く。

「そこから見える景色が見たかったかも……」

その後、いまは誰にも会いたくないけどね、と付け加えた。

「イラストレーターとして、もっといろいろなことがしたかった」と話す彼女に「これからもっといろいろできるよ」と返すと、「そうかなあ。うーん」とごまかされた。

彼女がフッとこの世から消えてしまったのは、その電話から数日後。本当にすぐのことだった。

彼女に誹謗中傷を繰り返していたアカウント群は、彼女が亡くなった夜に、その多くが消えてなくなる。きっとまた彼らは反省もなく、次の標的を見つけ、同じことを繰り返す気がする。

正直、彼女は傍《はた》から見れば生前十分に売れていた。活躍の場を広げていくチャンスを既に掴《つか》んでいるようにも見えた。でも、彼女の志は僕などが思うよりも、もっともっと高かったのだろう。

亡くなった後も、美術系の雑誌や女性ファッション誌で、彼女のイラストレーションは何度も紹介された。某有名クリエイターが、作品の多くを買い取ったということが記事になったときは、本当に驚いた。

深夜のコンビニで、彼女のイラストレーションがカラーで数ページにわたって特集された雑誌を立ち読みしたとき、嬉しさと哀しさがぐちゃぐちゃになって込み上げてきた。

僕はまだ、さよならが言えていない別れに実感を持てずにいる。

「わたしさ、有名になりたかったなぁ……」

彼女がポツリと言った言葉をふと思い出す。もっといい加減な話だけすればよかったと、ずっと薄いもやがかかったような後悔を引きずっている。

僕たちはあの夜、精神的にはギリギリの場所にいた。突き詰めたら「死にたい」と吐露してしまいそうな閉塞感の中にいた。

昔、いじめにあったとき、担任教師は楽観的でいい加減な人だった。上履きから教科書まで隠された僕に、「まあさ、こういうのも流行りみたいなもんだから」と言って、僕の肩をポンポンと叩く。担任教師はさらに、職員室の脇でタバコを吹かしながら、こう続けた。

「流行りは全部すぐ終わるだろ? ブームって一過性だからさあ」

いまなら、最初から最後まで全部アウトだろう。でも、あのときの僕はたしかに、その楽観的でいい加減な言葉に救われた。

答えは常に一つじゃない。

右か左か、上か下か、黒か白か、だけじゃない。

保留もあれば、逃げもある。

それどころか、答えは常に無限だ。

選択肢がいくつかに絞られて見えたら、ギリギリの精神状態に近づいているから、一旦全部傍《そば》に置いて、どこにもたどり着かない話でもすればいい。

答えなんて出なくても、希死念慮を、時間を、強迫観念を、やり過ごせる。それでいいじゃないか。

だから、あの夜もどこにもたどり着かない、答えなんてない、これから先の話だけをすればよかった。そうすれば、彼女はいまのこの景色を見れたかもしれない。回顧展ではない、華やかな個展を開いていたかもしれない。そうすれば、僕はその個展に行って、あの夜の会話の続きができただろうか。

あの問いに答える彼女が見たかった。

「有名になってどう？」

真面目に答えようとする彼女に、僕はまたいい加減な聞き方を笑いながら咎《とが》められる。

「ね〜、ちゃんと聞いてる？」

「聞いてる。ねえ、そこから見える景色はどう？」

フーテンのドゥ

ガパオライス

その土地の匂い、料理、そこで暮らす人々。すべてがマッチする場所が、まーまー長く生きていると、一つや二つ誰にでもあるはずだ。僕にとってのそんな場所がタイだった。

十年以上前、僕の友人が「サラリーマンを辞めて、写真家として生きていきたい」と飲みの席で宣言した。当時すでに三十代半ばで、遅すぎるアーティスト宣言だ。しかし、彼の情熱は本物だった。「タイの子供たちの笑顔を撮りに行く」と言って、翌日には会社を休職し、プーケットまでのチケットを予約する。

もともと大人しい性格で、真面目に印刷業をこなし、金遣いも荒くない男だった。二十年以上一緒にいて、怒ったところは見たことがない。その代わり、自分から主張して行動するところも見たことがなかった。口癖は「それでいいよ」。だから突然のアーティスト宣言が嬉しく、よほどのことだと受け止めた。

「一緒に来ない？」

その誘いに二つ返事で乗ったのは、そんな男の人生の分岐点に立ち会ってみたかったからだ。

プーケットに到着した翌朝、彼は早速撮影に向かったようで部屋にいない。約束した夕飯の時間まで、僕は異国の地を散歩することにした。

朝から地べたに座っているおじさんたちが気持ちよさそうに、甘い煙を燻《くゆ》らしている。知らない路地を曲がって、知らない食堂に入る。カウンターに座ったと同時に、ザザーッとゲリラ豪雨が降ってきた。バケツをひっくり返す、なんて生やさしいものじゃない。地面を叩きつけるように降る激しさに、しばらく呆然と外を眺めていた。

気づくと目の前に恰幅のいい女性が立っていて、オーダー待ちをしている。僕は慌ててメニューにある写真を指さす。コクンと頷いた女性は、テーブルをまあるく拭き、厨房へ戻って行った。

雨はすぐに止み、今度はギラギラとした太陽が顔を出す。全開の窓から熱風が入ってくる。店内では、カタカタと壊れかけた扇風機が一台だけ頼りなく回り、ムンとした動物の匂いが充満していた。

運ばれてきたシンハービールをグラスに注ぐとすぐに、ガパオライスと揚げたエビに塩をふんだんに振った料理が一つの皿に盛られ、運ばれてきた。ガパオライスは東京で食べたものより油っぽくない気がした。いや、モワッとした気候も相まって、ちょうどよく感じただけかもしれない。途中、ナンプラーをドバドバかけ、味変を楽しむ。唐辛子や砂糖も微調整しながらかけてみる。これもまた美味い。エビの揚げ物は塩の量が半端なく、舌先がしびれてシンハービールをもう一本注文した。

その後、店を出て、ビーチまで歩く。プラスチックのイスに座ったタイの若者が、タバコらしきものをプカ~とやって、「お金をください」としっかりした日本語で話しかけてきた。「なぜ日本語喋れるんですか?」と野暮なことを聞いてしまう。「日本の女の子は優しいよ」と彼は柔和な笑顔を作った。

僕の友人のミュージシャンは二年半前、登戸の半地下のワンルームマンションに住んでいた。でも、数年で彼はヒット曲を連発し、中目黒のタワーマンションの最上階に引っ越した。貯金額は通帳を記帳するたび跳ね上がり、最近は「あまりに桁《けた》が多くなって、気持ち悪いとすら思うんだ」とこっそり教えてくれた。

彼が、中目黒のタワーマンション最上階から見る夜景を楽しめたのは、最初の二週間だけ。耐震性に優れた建物は細かく揺れ、三半規管に異常をきたしたのは入居して一ヶ月。写真週刊誌には常に追われ、期待とプレッシャーは、貯金額と同じように桁違いに上がっていく。久々に食事をしたとき、「俺、なんなんすかねえ」と彼はため息をついた。

タイのプーケットで出会った男は、「ドゥと言いますぅ」と僕に握手を求めた。ドゥはひと夏に最低でも、日本人の女性二十人くらいと関係を持つらしい。基本はその日暮らし。食事は観光客に奢《おご》ってもらうのが日常だ。関係を持った日本人の女性に会うため、十回は来日したという。『一風堂』の赤丸が好きだと言うので、本当はそれ以上かもしれない。

僕がタイに滞在する間、ドゥとは何度も会って、何度も「お金をください」と口慣れた日本語でねだられた。「無理」と返すと、ニヤッと笑って、そのまま甘いタバコを吸い、「プハァ〜」とやって終わりだ。あのすべてに対しての執着のなさは、ちょっと見習いたくなる。

渋谷の仕事場で久々にガパオライスが食べたくなって、近くのタイ料理屋に出かけた。しっかり辛くて、プーケットで食べたガパオライスに似ている。ドゥはあれからどうしただろう。夏が来るたび、日本人女性とうまいことやっているのだろうか。ぼんやりタバコらしきものを吸って「プハァ〜」とかやって、自由気ままに生きているのだろうか。

中目黒のタワーマンションに住むミュージシャンは、秋に引っ越すことが決まった。突然アーティスト宣言をした友人は、タイの食べ物が身体に合わず、激しい腹痛を繰り返し、実は僕より先に日本へ帰国した。出鼻をくじかれた友人は今、クライミングに挑戦している。

東京はあのとき食べたガパオライスと遜色ないガパオライスが食べられる土地で、清潔で治安も良く、夜は煌々と灯りがついている。

なんでもあるこの土地で、僕は仕事をしながら、成功や失敗を日々繰り返している。久しぶりに満員電車に乗ったら、あまりのギュウギュウ詰めの状態に、一駅前で降りてしまった。

ゲリラ豪雨が降ったり止んだりする土地。ねっとりとした空気。空港からすでに薄っすらとナンプラーの香り。ムンとした動物の匂い。程よく弛緩した人々。そのどれもが、ずっと暮らしてきたかのように心地良く感じられる場所だった。

僕はまた満員電車に乗る。自分はどんな地で、どう生きていきたいのか、正解はわからない。

「そんなものは最初からないよ」とドゥに笑われそうな気がするけれど。

Q　落ち込んだ日はなにを食べますか？

いま振り返ると、若い頃は大半落ち込んでました。まず、二十代半ばまでアルバイト生活だったので、「将来の不安」について考え始めれば、いつまででも落ち込めました。

母親は顔を合わせれば、「普通にしてよ」と言い、父親は「なんでお前はそんなにダメなんだ」としか言ってこない。家にいるのがイヤで、両親が寝静まる深夜まで、近所の公園で時間を潰すこともザラでした。冬はだいたいコンビニで、肉まんかあんまんを買って、公園のベンチに座って、ちまちまちぎって食べていました。

だからいまも、漠然とした不安に襲われる夜や、間違いなくこれから起きる不幸にロックオンされた夜は、帰り道に肉まんかあんまんを買って帰ります。それで、ちまちまちぎって食べながら、「あーあ」とため息まじりに吐き出すことが多いです。肉まんやあんまんが店頭にない季節に落ち込んでいるとき、なにを食べていたのか、すぐに思い出せないので、落ち込むのは、だいたい冬なのかもしれません。

Moegara

Q　定番の朝食は？

チェーンの牛丼屋（主に『なか卯』、ときどき『吉野家』）の朝定食を最近よく食べます。ほぼ毎日のように通っているので、渋谷の『なか卯』のアルバイトのシフトは、ほとんど把握しています。

幼い頃、母親から「納豆は食べ物じゃない。腐っている、というか臭い！」と洗脳されていたため、初めて納豆を口にしたのが二十代前半でした。妹も同じようなことを言っていたので、〝親の好き嫌い〟というのは、半強制的に子の食わず嫌いに直結するんだと改めて思い知りました。

その反動なのか、一度食べたら「腐ってない！　というか、この匂いがいいんじゃない！」くらいに思えて、洗脳が無事に解け、毎日のように好んで食べています。いまもチェーンの牛丼屋で朝定食を食べるのは、主に納豆が食べたいからです。

無人島になにか一品だけ持っていっていい、と言われて「納豆！」と即答はしませんが、海外になにか一品だけ、と言われたら「納豆！」とは言ってしまいそうです。

Q 特に思い出に残るレストランや食堂は？

最悪の思い出として心に残っているお店が一軒あります。「お店を予約する」という経験を二十代のときにほとんどしたことがなくて、取り返しのつかない失敗をしてしまいました。当時お付き合いをしていた人と、クリスマスイブにデートの約束をします。洒落たレストランを知らなかった僕は、友人から美味しいと評判のピザ屋を教えてもらいました。そこで予約の電話を入れておけばよかったのですが、僕の中にその概念はありません。

当日、「今日はせっかくのイブだから、美味しいピザでも食べようかと思って」と彼女に伝えました。風が冷たい夜でした。彼女は「ピザなんてずいぶん食べてないから嬉しぃ！」といたって上機嫌。「その店、なんか雑誌に出たこともあるんだってさ」と僕は友人から聞いた話を総動員して、おしゃべりを続けます。

「ここ曲がったらすぐだって聞いたよ」と言いながら、ふたりで路地を曲がると、街灯がポツンと道を照らすだけで、真っ暗な住宅街。遠くに一軒だけ、小さなクリスマスツリーがチカチカチカチカチカ点灯しているのが見えて、倍怖い、というかホラー映画のオープニングのような不穏さがありました。

ピザ屋はたしかにありましたが、「閉店のお知らせ」と紙切れが一枚入り口に貼られていました。ガラス張りの店だったので、店内の様子がうかがえます。テーブルの上にイスがすべてひっくり返して置かれていて、厨房の一部は、もう壊されているのもわかります。

「予約は?」彼女が小津安二郎の映画ばりに平坦なセリフ回しで僕に言います。

「してない」僕も出来るだけ平坦に返しました。

僕はそのとき、「行きたい店は予約をすること」という当たり前にみんながしていることを、遅まきながら脳に刻みました。いまでもときどき、予約を忘れることがあります。ばかだからです。そのたびに、あのときの真っ暗なピザ屋の店内の様子を思い出して、肝を冷やしています。

Q 〝最後の晩餐〟になにを選ぶ？

静岡県の沼津にある「『中央亭』の焼き餃子」一択です。蒸してから焼く、野菜たっぷりの丸っこい形状の餃子で、味も形も他ではまったく見たことも、食べたこともない唯一無二。行列に並んでまで食べたいものなど、この世にほぼ存在しないけれど、ここの焼き餃子のためだったら、文句も垂れずに黙って、列の最後尾に並んでしまいます。

大人になって一番の贅沢は、『中央亭』の焼き餃子を食べに行くためだけに、衝動的に品川から新幹線に乗ること」。多いときは、月に一度のペースで行っていました。焼き餃子十個を店で食べて、お土産に二十個買って、近隣のビジネスホテルや沼津の公園で、ちびちび食べるのが至福の時間。普通に餃子のタレで食べるのもいいんですが、テーブルにある自家製からし油をドバドバかけるのも、これまた最高なんです。

Moegara

Q　そば派？　うどん派？

うどん派です。特に大好きなのは、神奈川県の横浜駅西口にひっそりある立ち食いそば屋『鈴一』の天玉うどん。朝七時オープンなので、かつては、学校に行く前に立ち寄っていたほど好きです。中目黒などで打ち合わせがあると、スッと東横線に乗って、横浜まで食べに行く日が月に一度はあります。天ぷらの衣はぶよぶよで、一体中になにが入っているのか、基本わかりません。でも、そこは重要じゃない（本当に！）。店員のおばさんたちの完璧なフォーメーションにより、食券を置いてすぐにうどんが出来上がります。

天玉うどんに焦りは禁物。我流の所作を大事にします。まずは天ぷらを出汁に静かに沈める。そして衣の油が溶け出した出汁をすする。うんまい。今度は出汁に沈めた天ぷらをひと口。これもまた絶品。サクサクのネギとうどん、そこに生卵まで絡めて、ズズーと贅沢に食べる。あとは本能の赴くままに豪快にすする。これを書いていたら、無性に食べたくなってきました。多分ここ数日のうちに、また行ってしまう気がします。

Q もう一度食べたい、忘れられない料理は？

祖母の作る磯辺焼きです。自宅からすぐ近くで、母方の祖母がたばこ屋をやっていました。冬になると、石油ストーブに当たりながら、週刊誌を読む祖母の姿が印象に残っています。『週刊女性』から連載のオファーをいただいたとき、「嗚呼《ああ》あのとき、祖母が読んでいた雑誌だ」と思い出しました。店の近くにはセメント工場があって、そこのドライバーの人たちが、たばこ屋の主なお客さん。彼らは早朝の仕事前か、夕方の仕事終わりに買いに来ます。残りの時間はそんなに忙しくなかった気がします。

僕は学校が早く終わると、必ず祖母のたばこ屋に立ち寄りました。今日学校であったこと（あることないこと）を話すと、祖母はガハハと笑いながら、店先で売っていたロッテガムを一つ僕にくれます。お気に入りの味は梅、もしくはクイッククエンチ-Cガム。

もうひとつの楽しみとして強烈に記憶に残っているのが、石油ストーブの上で餅を焼いて、醤油をつけて海苔を巻いて食べる、磯辺焼きです。祖母はいつもちょっと焦がすくらいよく焼いてから醤油をつけていました。石油の匂い、香ばしい餅と醤油の香りが小さな店に広がります。餅を時折ひっくり返しながら、祖母が僕の話を聞いて、ガハハと笑っている。なにかの拍子で、石油の匂いを一瞬嗅いだときや、香ばしい醤油の匂いを嗅ぎとったとき、祖母との思い出が鮮明に蘇ってきます。

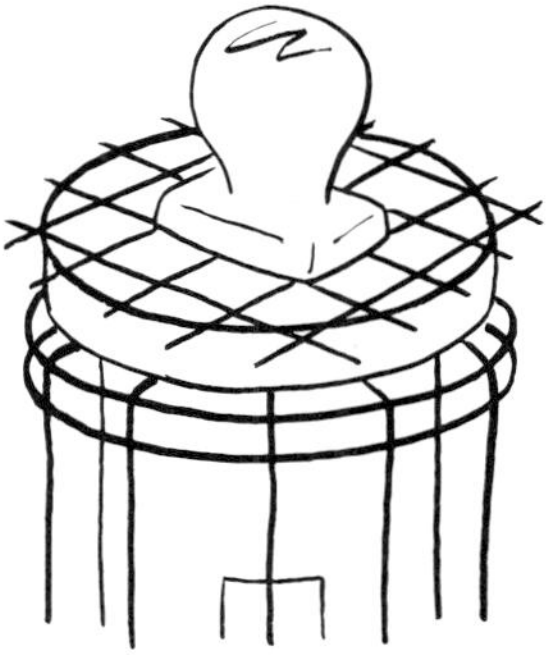

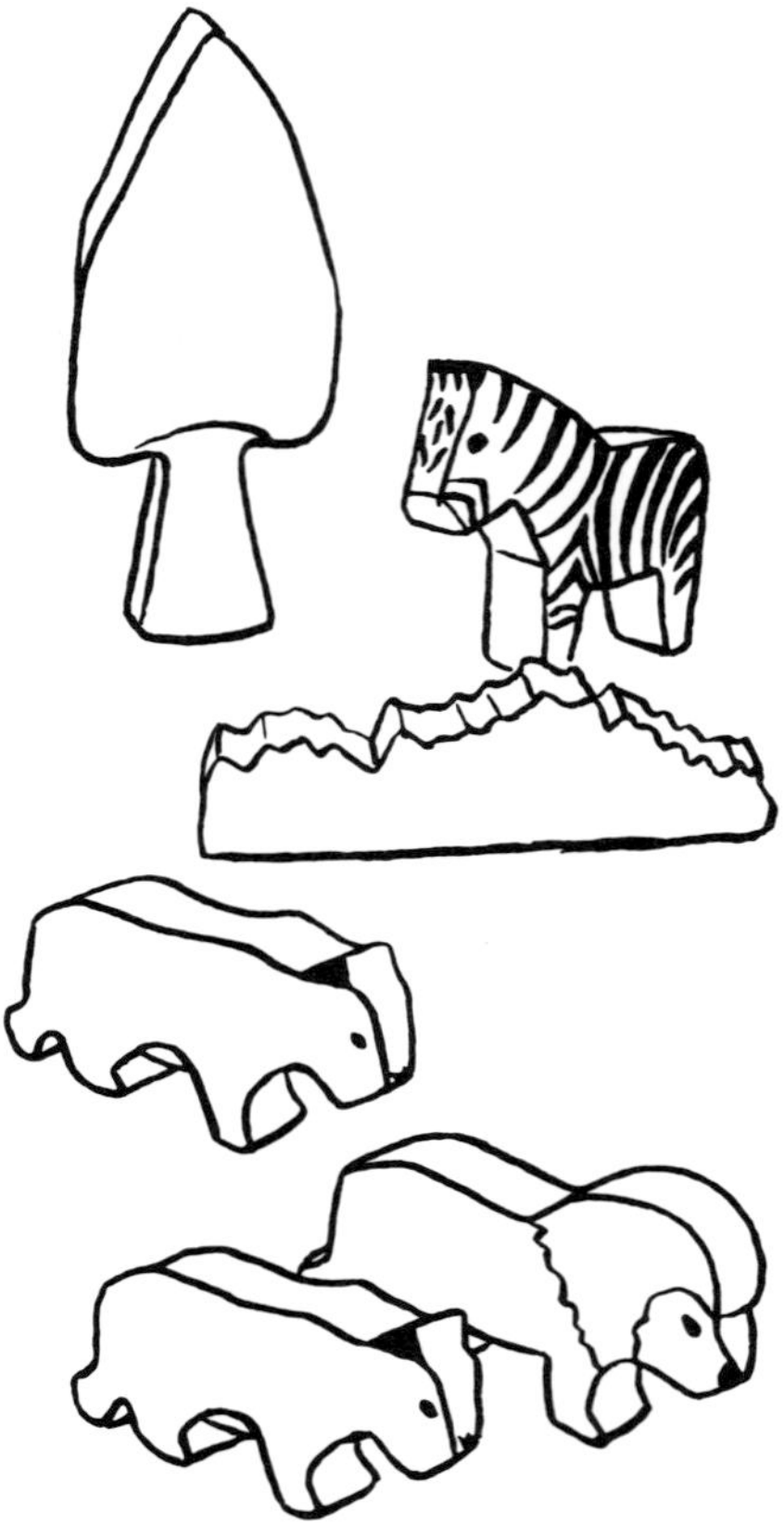

「いや、お前は別だよ」

焼肉

「いや、お前は別だよ」

その言葉で、何度も人の気持ちを逆撫でする男が知り合いにいる。

彼とは古い付き合いだが、こんなに人の立場に立つということができない人間を僕は見たことがない。

高校時代、大学進学が誰よりも早く決まったとき、まだ受験生だった僕たちに向かって、「大学落ちた人って、どうやって挽回するんだろう。とりあえず俺は助かったわ」としみじみ言い放った。

あのときの「しみじみ」を僕は忘れていない。

彼はいま、とある焼肉チェーンのエリアマネージャーで、仕事は相当にできるほうだ。〝数字の鬼〟と言われているらしく、彼のドライな数字至上主義についていけず、部下がどんどん辞めていく話を、共通の友達から聞いたことがある。彼の働いている姿を見たことはないが、そのシビアさは容易に想像できる。もしも彼の下で働けと言われたら、それだけは本当に勘弁してほしいと、真剣に懇願すると思う。

そんな彼と、半年ぶりに飲むことになった。会うのは、だいたい彼の部下が辞めたときか、彼が出世をしたときかのどちらかで、今回は後者のほうだった。

エリアマネージャーから出世することが決まり、本部での役職に就くことになったらしい。僕は一般的な出世の階段を熟知しているわけではないので、それがどのくらい凄いことなのかわからなかったが、社長も狙えるポジションに就くことになるのだという。

とりあえず昇進を祝って乾杯を交わす。場所は彼の勤める渋谷の焼肉屋だ。席に着くと、すぐに店長がやってきて、彼に挨拶をした。そして頼んでもいないのに、上カルビや上ロースなどが次々に運ばれてくる。

彼は最近、他企業の幹部クラスとの会食や旅行にも忙しいらしい。僕はそういう繋がりについても疎《うと》く、「そうなんだあ……」と気の抜けた感想しか出てこない。

お会計のとき、彼がカードで払ったので、僕はキッチリ半分を現金で支払った。すると彼が「いまの時代、現金持ち歩いてるヤツって、もうそれだけでアウトだってこの間どっかの社長が言ってた気がするなあ」としみじみ言い放った。

「チッ、そうなんだあ……」

彼からお釣りの二十円をもらいながら、僕は舌打ちを一つしてそう答えた。

「いや、お前は別だよ。ここは友達同士の飲みだしな！」

彼はにこやかに、僕に向かって訂正を入れた。通常運転というか、変わらないなあとつくづく思った。

僕がまだ二十代の半ばくらいのとき、目黒駅から十五分歩いたところに住んでいた時期のことだ。仕事が終わって、やっと家までたどり着き、倒れるようにベッドに突っ伏したところで、携帯電話が何度も鳴った。履歴を見ると、すべて彼からの着信。なにかあったのかと慌てて電話に出たら、「いま飲み会が終わって、女の子二人と俺の三人なんだけどさ。たまたま目黒なんだよね。お前ん家行っていい？　いいよな？」と、かなり酔っ払った口調で言う。

考えてみるとあの頃から、彼は生粋の肉食動物だった。

さっきまで動けないと言っていた僕はスクッとベッドから立ち上がり、「秒で部屋片付けるから、一瞬だけ待っててくれ！」と張り切って返す。その僕の言葉に彼は食い気味に、「いやいや、お前は別だよ。朝まで外しててほしいんだ。俺が部屋を使いたいだけだからさ！」と平然と言った。

あのとき、しっかりキッチリ縁を切るべきだった。

僕は人から縁を切られることはあっても、こちらから縁を切ることがとにかく下手だ。

苦肉の策として、距離を置きたい、もう関わるのはよそう、と過去に判断した相手から電話がかかってくると、僕のスマートフォン上には「できれば出ないほうがいい」と表示される仕様になっている。

電話帳には、同じ「できれば出ないほうがいい」という名前で現在男女六名の登録がある。みんな同じ名前なので、見分けがつかないというのが僕にとっては重要で、酔っ払った夜や、寂しいとき、相手を許してもいいかな…と心が揺れる日に、ふと向こうから電話がかかってきても、六名のうち誰だかわからないから、一旦は躊躇《ちゅうちょ》できる。

この我流の対策により、人生の不毛な時間をかなり削減できた気がしている。彼もあのとき、その名前で登録しておくべきだった（チッ）。

結局、彼が僕の部屋に女の子を連れ込んでいる間、二十四時間やっている駅前のカフェで、僕は朝まで時間を潰していた。人の気持ちを逆撫でしがちで、周りからも恐れられている彼のようには、どう逆立ちしても生きられない。

ライオンがシマウマになることはできないし、その逆も然《しか》り。

でも心のどこかでシマウマも、血を滴らせながら肉食動物になりたいと思う瞬間はないだろうか。

僕が定期的に彼に会いたくなるのは、時々訪れるそんな瞬間なのかもしれない。

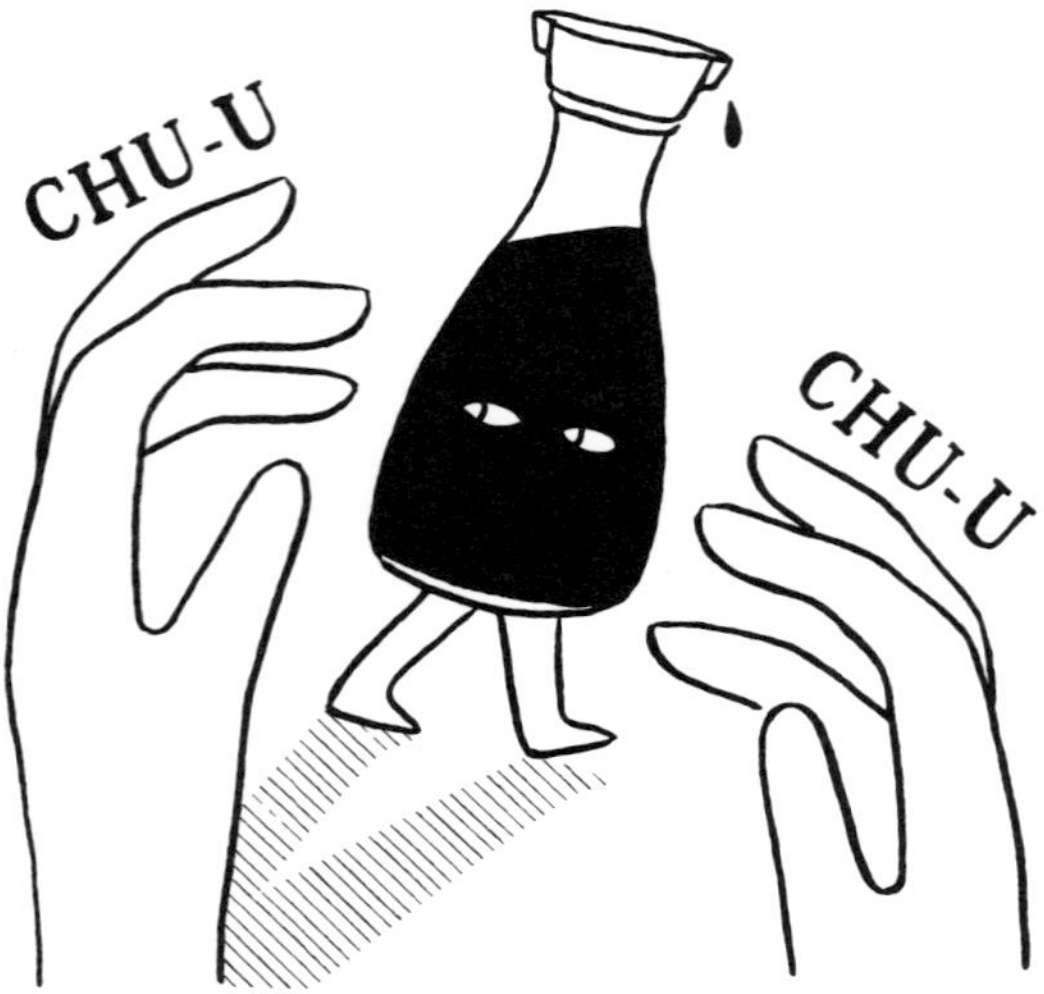

全国まーまーな定食屋友の会

生姜焼き定食

最近通っている渋谷の定食屋で、生姜焼き定食を食べようとしたら、テーブルの上に醤油やラー油がないことに気づいた。

僕はとにかく調味料フェチで、〝味変〟を楽しみながら、食事をしたいタイプだ。誰に何を作ってもらっても、遠慮なく、醤油やラー油などを気が済むまでかけてしまうことにより、ひんしゅくを買ってきたタイプでもある。

生姜焼きにも、どんどん醤油やラー油、ときにはマヨネーズやタバスコなどもかけてしまうので、調味料がテーブルの上にないなんて時点で、とても食事をする気になれない。

「醤油とかラー油ってありますか？」

店主に聞いてみると、「うっす、ちょっと待ってて」と冷蔵庫の中からわざわざ、調味料一式をまとめて持ってきてくれた。

どうやら、ＳＮＳで最近悪い意味で流行ってしまった、醤油の注ぎ口に直接口をつけてふざけたり、わざと大量に料理にかける迷惑行為が、行きつけのその定食屋でも起こってしまったのだという。

先日も某ファミリーレストランで容器ごと調味料を口に入れる男の動画が拡散さ

れていた。この手の迷惑行為は何度ニュースになっても、止む気配がまったくない。

定食屋の店主に詳しく事情を聞くと、営業中はその被害に気づかなかったが、アルバイトの女性がたまたまSNSを見ていたら、自分の店で撮影された迷惑行為を見つけてしまったらしい。

〝全国まーまーな定食屋友の会会員〟としては、その由々しき出来事に心からの憤りを感じながら、まーまーな生姜焼きにラー油をどっぷりとかけた。オレンジ色にすっかり染まり、甘辛くなった玉ねぎと豚肉をご飯にのせて、一気にかっ込んでみる。いつも通り、まーまー旨くて安心する味だった。

「これ、見てよ～」

突然、店主が大きな声を出して、例の動画をスマートフォンで僕に見せてきた。そのとき、店の奥にいた若者たちのほうを、店主がやけに牽制しているような気がして、不思議だった。僕も、店主の視線の先にいた若者たちのほうをチラチラ気にしながら、店主のスマートフォンに顔を近づけ、中の動画を確認する。

まだ十代くらいの少年二人がニヤニヤしながら、醤油の注ぎ口に口をつけてチューチュー吸う、迷惑動画のスタンダードのような様子が映し出される。

「あーあ」と僕がつぶやくと、「あーあ」と店主も声に出した。

小学生の頃、僕は紙粘土を捏《こ》ねているときのぷにぷにとした感触が好きだった。すぐに乾いて固くなってしまうが、固くなったあとの、独特の粘土の匂いも嫌いじゃなくて、母にせがんで紙粘土をよく買ってもらっていた。

紙粘土の感触があまりに好きすぎて、中学の進路相談で、「高校は行かず、捏ねる職に就きたいので、パン屋になります」と宣言してしまったことがある。

その場で担任から怒号を浴びせられ、その怒号と僕のぷにぷに優先の将来の決め方を聞いた母は、わんわんと大泣きしてしまう。そのときは本気だったが、いまなら母の横で一緒に泣けるくらい、その頃の自分の考え方は浅はかだった。

その後、「高校くらいは出なさい」というよくある説得に負けて、僕はパン屋の道をあきらめた。それくらい生粋のぷにぷにフェチだ。

小学生の頃は、母と買い物に行く時間を心待ちにしていた。スーパーマーケットで母の目を盗んで、肉や魚がぴっちり包装されたパックをビニール越しにぷにぷにと押すのが好きだったからだ。

いま考えれば、迷惑系の動画配信者とやっていることが大して変わらない。ただ、その行為はすぐに母にバレ、その場で頭を軽く小突かれる。

「あーあ。ウチにお金の余裕はないのに、あんたがこんな高い肉を押しちゃったから、もう買うしかないじゃない」と母はしぶしぶ商品をカゴに入れていた。

子供ながらに、家族に迷惑をかけてしまったということが、骨身にしみて、それ以来、二度とぷにぷにすることができなくなった。

皿にたまった調味料に残りの生姜焼きを絡めながら、僕はあの日の悲しそうな母の顔を思い出していた。

あのとき、もし、ただ母に怒鳴られていたら、心の中でヘラヘラと大人を笑いながら、僕はぷにぷにすることを続けていたような気がする。

定食屋の店主が、もう一度、迷惑動画を再生しはじめる。覗《のぞ》き込むように見ていたアルバイトの女の子が「あーあ」とつぶやく。店主もつづけて、「あーあ」とハモるようにまたつぶやく。

すると、少し離れた席に座っていた若者たちが、席をそろりと立って、お会計を素早く済ませ、店を出て行ってしまった。

その若者たちの中の一人が、店主が見せてくれた迷惑動画に映っていたことを、あとあと店主から教えてもらった。

怒鳴ったり、嘆いたりするのは、こういう輩《やから》には喜びや更なる衝動になってしまうのかもしれない。

「あーあ」くらいの落胆を浴びせるのが、まーまー効く気がした。

「チョコミント
みたい」

グラスホッパー

恵比寿の路地に、その日ビル風のような冷たい風が吹き込んでいた。僕は路地を入ってドンつきにある静かなカウンター席だけのBARにいた。一緒に飲んでいたAさんが、ホワイトレディーを口にして、「ハア～」とわかりやすくため息を一つ吐く。僕は生クリームが効いた緑色のカクテル、グラスホッパーを頼んだ。

Aさんとは、お互いプロレス好きというところから意気投合し、この一年くらい、ポツポツとふたりで飲んでいた。と言っても、男女の関係ではない。こっちは別に構わないが、向こうは相当構うようで、たわいも無いデスマッチの話や、大仁田厚の度重なる引退について遠慮なく語りながら、ただ飲んでいるだけだった。

Aさんの職業は俳優で、街を歩いていたらそのスタイルの良さから、かなり目立つタイプの女性だ。「もう疲れたから、温泉とかゆっくり行きたいなあ……」とグラスを傾けながらAさんが言う。

「いいですね、温泉。もうなんか勢いで明日とか行っちゃいます?」

僕は調子に乗って、どさくさ紛れに誘ってみる。

「それもいいですね」とAさん。

「箱根　温泉」で検索をし始めた僕は、「ここなんてどうですか?」とスマートフォンをAさんに見せる。するとここで「当たり前のことを確認しますよ」という顔で、「私たちって友達ですよね？」と念を押された。「そりゃそうですよ。そりゃそう！間違いなく、正真正銘の友達です」と僕はウンウンと首を縦に振りながら答えた。

世の中には、男女の友情を高らかに語る人も、そんなものは絶対にないと熱弁する人もいる。でも多分、それは互いの人生のコンディションによるんじゃないだろうか。白黒つけようとするのは、正しさが過ぎて、情緒がない気がしている。

僕には昔、どっちつかずの関係の人がいた。ここで言及しようとすると、嘘をつかないといけなくなる関係の人だった。お互い人生のモラトリアムのような時期に出会ってしまったのだ、ということで僕の心の中では決着がついている事案だ。

よくある話で恐縮だが、その彼女がその頃付き合っていた彼氏にフラれ、もともと知り合いだった僕が、何度か飲みに誘って励ましている間に、なし崩しでそういう関係になってしまった。なし崩しの割にはお互い気が合い、ふと当てもなく旅行に行ったり、お互い好きだったミュージシャンのライブを観に行ったり、小腹がすいて、夜中までやっているラーメン屋（『ホープ軒』）に行ったり、そのままどちらかの家に二週間くらい泊まったりしていた。

彼女は池袋のいまでいうガールズバーのようなところで、バーテンダー崩れのようなことをしていたので、よくカクテルを作ってくれた。グラスホッパーの存在も、彼女が作ってくれて初めて知った。

「チョコミントみたいな味でしょ?」と言って、ミントリキュールの配分にやけにこだわっていたのを憶えている。

彼女は男と別れてから、かなり情緒不安定になり、眠るときは睡眠薬が欠かせなかった。よく、寝る前にバリバリと食べるように、大量の薬を飲んでいた。心配はしていたが、何を隠そう僕もそのとき、かなり情緒不安定な状態で、同じような種類の薬をポリポリやっていた。

「もうさ、いっそのこと、いろいろ捨てて一緒にさ……」まで言いかけたこともあった。でも、そこは人生のモラトリアム仲間。決定的なことはお互い最後まで言わない。

彼女はしばらくすると、若い彼氏をサクッと作って、サクッと僕との縁を切った。それはそれはきれいさっぱりしたものだった。

「今度、同棲することにしたの。彼氏に心配させたくないから、睡眠薬関係全部もらってくれない？」と彼女から電話が来た。

毎日バリバリ飲んでいたのが嘘のように、彼女は安心と安眠をあっさり手に入れたようだ。ただ、それ系の薬を人からもらうのはさすがに危ないので、僕は丁重にお断りをした。

すると彼女は、「いいじゃん！　私たち友達でしょ？」と不満げに言う。

いろいろやり尽くした仲だったけれど、彼女にとってはただの友達だったのだ。僕はそのとき、彼女のことを友達というよりは親友、親友というよりは「運命」くらいに思っていたので、自分でも気づかなかった喪失感に襲われてしまった。

親友の定義は人によって違うと思う。僕にとっての親友の定義はなんだろう。ふと旅に出かけることを提案したとき、「面白い」と思える人か、「計画性がない」と問い詰める人かで、前者のタイプ。好きなミュージシャンが一緒な人。深夜のラーメンを食べる背徳感を共有できる人。その人が家にいても、いつもと寸分変わらない自分でいられること。それが僕にとっての親友の定義だ。だから、彼女は僕にとっては、友達ではなく、親友。本当は、もうそれ以上だったのかもしれない。

ときどき、古傷にわざと触れたくなって、グラスホッパーを頼んでしまう。

Aさんが、「一口ちょうだい」と、僕のグラスをしばらく舌で味わってから一言、「チョコミントみたい」と言った。

BARの窓に響くほど風の吹いていた深夜の恵比寿。親友の定義について、僕はもう一度彼女と話したい気持ちになっていた。

深夜の同志へ

牛丼

サラリーマン生活が長かったので、物書きを生業《なりわい》にしてからも規則正しい生活を送ってしまう。必ず朝八時から道玄坂の仕事場で原稿を書き始めるのが日課で、近場のカフェでコーヒーを買って行くことが多い。その道すがら「朝キャバいかがですか？」と首から『朝キャバ1時間2000円！』と明記されたプラカードをぶら下げた薄着の女性に必ず声をかけられる。

渋谷道玄坂近辺には、朝から営業しているキャバクラが何軒かある。学生時代、通学路で毎日立っている交通整理のおじさんと、だんだんと朝の挨拶をする関係になっていくように、いつしか「あー、おはようございます」などと、朝キャバの女の子たちと朝の挨拶をする関係になっていった。

今朝も、コーヒーを買おうと道玄坂を歩いていると、「おはようございま～す。なんか疲れてない？」と朝キャバ嬢に声をかけられた。昨日、あまりに仕事が立て込んでいて、ほとんど眠れていなかった。さすが、毎日挨拶を交わしているだけのことはある。僕の寝不足を彼女は一発で言い当てた。

「ちょっと休んでいったほうがいいと思うの」

彼女は強引に腕を組んできて、店まで連れて行こうとする。欲望にはすべて負けたいが、どうしても、とある原稿を書かないと間に合わない事情がこちらにはあった。が、煮詰まった状態で仕事に臨んでもいい結果はなかなか得られない。一度原稿から離れてみるのもいいだろう、という完璧な言い訳が頭の中で成り立ち、初めて朝キャバというものを味わうことにした。

店内に入ってまず驚いたのが、結構お客さんがいるということだ。今朝は、ガタイのいい男たちのグループと、ホストっぽい若者グループ、そして、おじいさんがひとりというラインナップだった。

僕の隣のソファー席では、おじいさんが若い薄着の女性とニコニコ話している。まるで縁側で話す孫と祖父のようだ。僕を店内まで引っ張ってきた彼女は、横に座って「やっとだね」とご満悦そうに、おしぼりを渡してきた。

「なぜ、朝キャバで働いているの?」と聞いてみると、朝はノルマがなく、女の子同士の派閥などもないのでラクなのだという。午後からは一般職でも働いているらしい。

「真夜中に準備して、早朝過ぎる時間から働いているから、実際は夜勤だけどね」と彼女は笑った。

僕も昔、テレビ業界で夜勤をやっていた時期があった。シフトは夜九時から朝方まで。一見過酷だが、クライアントも含めて夜勤をやる人間は限られていて、あっという間に顔見知りになり、どこか同志感が出てくる。テレビ業界は、基本的には厳格な縦社会なので、いつ何時でもクライアントには最大限の敬語で接しないといけない暗黙のルールがある。だが夜勤の場合、顔を合わせる相手も限られるので、距離が異様に近くなり、「うっす！」とこちらが言って、「うっす！」で返してくれるような関係になることが多かった。

朝、お互い仕事から解放されたときに待ち合わせをして、一緒に映画を観に行ったことすらある。中には、互いの会社の悪口も言い合えるほどの信頼感で結ばれた相手もいた。会社側も夜勤は常に人手不足なので、金銭面でも優遇してくれた。

弊害を強いて言えば、昼間に無理やり眠らないといけないので、厚手のカーテンを買わないと陽の光が部屋に入って、どうしても眠れないことだろうか。

夜勤が終わると早朝必ず、溜池山王の某牛丼チェーンで、牛丼大盛りを食べていたのも懐かしい。牛丼屋の夜勤もだいたい同じメンツで、通ううちにだんだん店員と顔なじみになっていく。信じられないくらいのつゆだく、玉ねぎ多めのサービスをしてくれたりもした。

その店は外国人のアルバイトが多かったが、ひとりだけ日本人の男性がいた。僕がまだ三十代前半くらいのときに、彼は五十代くらいには見えた。「お疲れで～す」と言って僕が席に着くと、「はい、お疲れ～い」と自分の居酒屋かなにかのように、慣れた感じでお冷やを置いてくれる。その夜にあった仕事についてのいろいろを、牛丼を食べながら話したり、聞いたりもしていた。

「仕事仲間」というのは普通、同じ社内の先輩後輩やクライアントのことを指すと思うが、「夜勤仲間」という括《くく》りも、世の中には存在することを、朝キャバに行ってみて、久々に思い出した。

あの牛丼屋の男性との最後は、いまでも憶《おぼ》えている。いつものように夜勤終わり、僕は腹を空かせてその店に行く。自動ドアが開くと、大きな怒号が突然聞こえてきて、思わず厨房のほうを覗いてみた。店内には僕ひとり。厨房の奥で、外国人のアルバイト長のような男性が、流暢な日本語で、彼のことを叱っている真っ最中だった。外国人の男性のほうは、まだ二十代くらいに見える。

しばらく怒号はつづき、僕の存在に気づいて、一度止む。そして俯《うつむ》いた彼が厨房から出てきて、僕の前にお冷やを無言で置くと、チケットを取って、「しばらくお待ちください……」とだけ言った。

僕たち「夜勤仲間」が、実際は「下請け雇われ仲間」だという現実を提示されたような気がして、自分のことのように落ち込んでしまったことを憶えている。

次にその店に行ったとき、もう彼の姿はどこにもなかった。

同じ空の下、一緒に夜を越えた仲間は、同じ仕事じゃなくても、どこか同志の匂いがした。

目の前で薄い水割りを作り始めた朝キャバ嬢を眺めながら、もう名前も忘れてしまった彼らのことをぼんやりと思い出していた。

やり過ごすしかない時間

キーマカレー

人生には、感情の持っていき場がわからなくなって、ただただ怒りが通り過ぎるのを待つしかないという時間がある。

中学時代、柔道の授業が必須だった。いま考えると、よく登校拒否をしなかったと思うが、昭和、平成の時代、教師からの体罰はあって当たり前みたいな空気が余裕であった。特に体育の教師は、怖くて有名で、掃除の時間でサボった生徒が、竹《たけ》箒《ぼうき》が曲がるほど叩かれたのを見たこともある。

その体育教師の柔道の時間は、『罰ゲーム』と呼ばれ、生徒全員から恐れられていた。少しでも気が緩んでいると教師がジャッジしたら、教師との無限乱取り（お互いが技を掛け合う自由練習）の餌食《えじき》になる。

ある日、僕は後ろで見ていた教師に肩をポンポンと叩かれ、「たるんでるな。俺と乱取りだ！」と耳元で怒鳴りつけられた。

両者が襟《えり》を掴《つか》み、乱取りがスタート。そのとき、たまたま僕の足がスッと教師の股をすくう形になってしまう。なぜか襟を引き寄せるタイミングもそのときだけうまくいき、きれいな円を描いて、教師を畳に投げ切ってしまった。

白目を剥くがごとく睨《にら》みつける教師は、スクッと立つと、僕の脛《すね》を蹴るようにして、投げつけた。受け身もうまく取れない。そしてすぐに立ち上がらせ、また投げられる。教師は顔を真っ赤にして、怒り心頭なのが誰の目からも明らかだ。どれくらいだろう、とにかく人生で一番人から畳に投げつけられた時間だった。

あのときも、ただただ怒りが通り過ぎるのを待つしかなかった。

人生にはただただ、相手の感情がおさまるまで余計な言葉はのみ込み、やり過ごすしかないという時間がある。

この日の体育教師のように、ふつふつと怒りに震え、誰のいかなる言葉も受け付けない母を、幼い頃に見たことがある。あれは本当に怖かった。

その晩、母は珍しく手の込んだ夕飯を僕たち家族のために張り切って準備してくれていた。

「今夜はキーマカレーでーす!」

母が勝利宣言でもするかのように、学校から帰ってきた僕と妹にそう告げる。「お〜!」と、2人で拍手をした。たしかに拍手はしたが、僕も妹も「キーマカレー」とはどんなカレーなのか、まったくわかっていなかった。その頃はまだ、バーモントカレーやレトルトカレーしかこの世のカレーについての知識を持ち合わせていなかったのだ。

母が台所で、細かく切った玉ねぎ、にんじん、ひき肉を入れて炒めていたのを憶《おぼ》えている。

夕飯の時間になり、母がそれぞれ用意した皿にご飯を盛る。その上に、キーマカレーをヘラを使って等分にかけていく。「おいしそ〜」と妹は待ちきれずに思わず声を上げた。僕も人生初めてのキーマカレーに心躍っていた。

出来上がったキーマカレーを一皿ずつ、僕と妹の前に置く母。そして自分の分の皿を持って、テーブルに置こうとしたとき、事件が起こる。

何かに引っかかって、持っていた皿を床に落としてしまったのだ。勢いよく「ガシャーン！」と音を立てて、キーマカレーは床に散乱し、皿も割れてしまう。

呆然と立ち尽くした母は、床に落ちたキーマカレーをジッと睨みつけている。

「お母さん……」と妹が呼びかけるが、口を真一文字に結んだ母は微動だにしない。

母はゆっくりしゃがみ込むと、割れた皿とキーマカレーを拾っていく。

僕と妹も一緒に拾おうとしたとき、「早く食べなさいっ！」と母が大きな声を出した。その声にビクッとした僕たちは動けなくなる。そして恐《おそ》るおそるキーマカレーを、一口また一口と食べ始めた。その間も母は無言で、床に落ちたキーマカレーを掻《か》き集めている。

さっきまでのサンバのリズムでも聴こえてきそうなキーマカレー祝祭の雰囲気はゼロになり、親戚の法事のような重い空気が場を支配していた。そのとき、窒息しそうな空気を察した妹が、リモコンでテレビの電源を入れた。テレビ画面にはタモリが映る。

シェフの格好をしたタモリが、シチューを作っている真っ最中だった。〝よりによって、いま、シチュー作らないでもいいじゃないですか！　タモリさん！〟と、僕は心の中でテレビの中のタモリに抗議していた。

台所の流しに割れた皿とこぼしたキーマカレーをまとめた母は、床を丹念に拭きつつ、ぼんやりタモリを眺めていた。タモリの包丁さばき、フライパンさばきの器用さに目を奪われる。僕と妹は、静かに母の顔色を窺《うかが》いながら、キーマカレーを相変わらず恐るおそる口に運んでいく。

すると、「この人、料理うまいのよね」と母がポツリと言った。

僕はその言葉に被《かぶ》せるように「お母さん、キーマカレーおいしい！」と慌てて差し込む。まだ幼かった妹も間髪入れずに「キーマカレーってこういう味なんだ〜。おいしいなあ〜」と母に聞こえるように言う。

母はまた黙り込み、無言で床を拭き始めた。

いまでもタモリがテレビに映ると、ただただ怒りが通り過ぎるのを待つしかなかった、あの通夜キーマカレーの夜をふと思い出すことがある。タモリはあの日、番組内でただ美味しそうなシチューを作っていただけなのに。

八十三点と七十九点を彷徨う世界

シェフの気まぐれサラダ

「あのう、シェフの気まぐれサラダって何が入っているんですか？」

一緒に食事をしていたライターの女性が、注文を取りにきた居酒屋の店員にそう聞いた。

「あ、シェフの気まぐれなんで、シェフ次第なんです」

店員は申し訳なさそうにそう答える。そりゃそうだ、と僕は心の中で思いながら、「ソーセージ盛り合わせください」と告げる。ライターの女性は悩んだ末、「じゃあ、シーザーサラダで」と冒険を避けた。

別の日に焼き鳥屋で彼女と一緒に飲んだときも、「すみません、このおまかせ串六本って、何がくるんですか？」と聞いていたのを憶《おぼ》えている。店員は「おまかせなので、その時々で違うんです」とこの上なくまともな説明をし、「なるほど。では、レバーとつくねとハツをください」と彼女はまた冒険を避けた。

飲食店のメニューにしばしば登場する、「店に身を委ねる系メニュー」。僕がテレビの仕事をしていた頃は、とにかく時間に追われていて、早く食事を済ませるよう求められたので、「おまかせ」や「おすすめ」をサクッと選んで終わらせていた。メニュー選びに割く時間すら短縮したかったからだ。その癖が抜けず、僕は店に身を委ねがちだ。でも彼女のように、ベールに包まれた一品が気になりつつ、中身がわからないなら頼まない慎重派もいることをそのとき知った。

それから季節は冬から春へ。出会いと別れが交錯しがちな門出のシーズンを迎える頃、ライターの彼女から〝人生の冒険をやめる〟という主旨のメールが突然届く。〈これから先のことを考えたら、ライター業は不安定だから、結婚して普通に生きてくわ〉

誰もが知っている有名IT企業の日本支社の四十代の男と、彼女はマッチングアプリで出会って、あっさり結婚するらしい。そのメールを最後に連絡も途絶えてしまった。

正月にテレビを観ていると、いろいろな店に置かれている福袋の中身を公開する番組をやっていた。デパートの寝具コーナーでは、枕カバーやシルクのパジャマ等のグッズ。化粧品コーナーでは、ブランド品の詰め合わせ等、福袋の中身は価格の五倍以上の商品が入っていると、一点ずつカメラに映して説明していた。最近では中身がわかるように、福袋を透明のビニール袋にしているところもあるらしい。誰もがハズレを引きたくないのだ。外せる余裕がなくなってしまったのかもしれない。

その番組を観ながら、ふと彼女のことを思い出して、何気なくフェイスブックを検索してしまった。彼女はいま、東北地方のとある温泉地で古民家カフェを経営しているらしい。お子さんはふたり。まだ上の男の子は小学一年生。旦那さんとは離婚して、ライターをしていた当時の友人とカフェ経営を始めたことが、長い文章で書かれていた。

夏は近くの森でキャンプをすること、まるで野良猫のようによく遊びにくる馴染《なじ》みのリスがいること。冬は積雪が三メートルにもなるらしく、慣れない雪かきに奮闘する様子。一面真っ白の世界が色を消し去り、森の木々が奏でる音、風のささやき、動物たちの生活音、人々のおしゃべり、それらすべての音が、雪に消されてしまう不思議について、丁寧に書かれていた。初めての経験ばかりで不安なことは間違いないが、毎日を楽しんでいる様子が文面から伝わってきた。安定を求めた先で不安を買って、「いま」を懸命に生きているように見えた。

僕が作家になる前、彼女に「小説を書いてみようかと思う」と打ち明けたことがある。テレビの下請け業をやっていた僕は、この先テレビ業界がどうなるのか、自分の人生はこのまま大きな大流に身を任せるだけでいいのか、悩んでいた。先が見えない深い霧がかかった自分の人生に心からの不安を感じていた。

ただ、人から勧められて書き始めた文章が思いのほか好評だった。食べていけるかどうかの保証はまったくないが、散文を本格的な小説にしてみないか？という話がきていることや、それが不特定多数の人に必要とされた気がして嬉しかったこと、ほんの少しだが、「自分への期待」を持つことができた喜びを彼女に話した。

「人生は一度きりだもんね。やってみたら？」と言った後、少し考えて、「でも、あなたがステージに立つことは想像できないかも…」と、いつもの冒険しきれない彼女が顔を出し、そう付け加えた。

僕は「そうだよね。どうしようかな」と返答して、冒険を選んだ。

でも、いまならわかる。表現をすることは、ステージに立つような眩しい職業ではない。他のあらゆる仕事と同じく、節度とルールと誠実さが求められるところだった。クライアントが何を欲しているか、それを予算内でどう実現するかが求められ、そこに自分の個性をうまく散りばめる。右に行っても、左に行っても百点はない。八十三点と七十九点を彷徨《さまよ》う世界だ。どちらの道が正解か？ではなく、ゴールまで諦めず、腐らず、楽しめる道はどっちか？という選択の繰り返しだった。

あのときは霧がかって、ただただ険しく遠く見えた世界で、僕はまだ物を書いて生きている。他の仕事と同じ構造だと理解できた頃から、グッと気持ちが楽になって、いまもほんの少しだが、自分に期待している。

いつかどこかで彼女と、お互い諦めず、腐らず、なんとか楽しんでやってきた過程で起きたことを話せたら嬉しい。きっとそのときは、シェフの気まぐれサラダを彼女が平気で頼んで、ふたりでシェアして食べられるようになっているはずだから。

「最後まで自分がついてます」

洋菓子『ハーバー』

「コロナ禍」という言葉はあっという間に過去のものとなり、世の中は表面上、完全に平常運転に戻った感がある。忘年会も新年会も数年ぶりに、「ただいま！」って感じで軽快に戻ってきた。僕の仕事は常にひとりなので、忘年会や新年会の誘いはほとんどない。それでも今年は、ライターの知り合いが、編集者数人と企画した少し早めの忘年会に呼んでくれた。

場所は中目黒の和食居酒屋。約束の時間に行くと、店内はサラリーマンの客でごった返している。ライターが連れてきた若い編集者ふたりとは、前に仕事を何度かしたことがあった。編集者のひとりは、横浜に住んでいるらしく、席に着くなり、全員に横浜土産の定番、洋菓子『ハーバー』を配り始める。

僕も同じく横浜出身。普通、自分の土地の土産物にはさほど食指が動かないものだが、『ハーバー』だけは特別だ。ショコラミルクも捨てがたいが、僕は昔からダブルマロン派だ。一口目の「ハフッ」という食感がたまらない。僕たちは『ハーバー』を酒のあてに、濃いめの焼酎ソーダ割りをグイグイ飲んでしまった。

『ハーバー』談議がきのこたけのこ戦争（＊1）のごとく、やけに盛り上がり、近くのバーで二次会までもつれ込む。編集者は頬を赤らめながら、「あー、このままみんなで野毛（横浜一の飲み屋街）で飲みたいなあ」とうそぶく。ライターが、「では、来年も何卒よろしくお願いします！」とふらふらに酔っ払いながら言う。口々に「来年も何卒よろしくお願いします」と頭を下げ、抱擁《ほうよう》をし、ハイタッチまでやってのけ、駅の改札前で、全員で一本締めまでして、終電近くにやっとお開きとなった。

次の日、僕は午前中からとある出版社での打ち合わせが入っていた。約束の時間に到着すると、昨日『ハーバー』を配ってくれた編集者が待っていた。

「昨日はありがとうございました。この件、急に私が担当することになりまして……。えー、では早速始めます」

こちらの返答も待たず、すぐに仕事モードに切り替わる編集者。昨日の一本締めと「来年も何卒よろしくお願いします」という挨拶からの平常運転という、どこまでもドライで効率的なその雰囲気に、僕が常々考えている〝東京〟という感じがビンビンにした。ウエットな関係は、ウエットが許されるところでだけ発揮します！という何とも都会的な姿勢に心から敬服してしまった。この東京という街で必要なのは、切り替えの早さだと思う。少々の違和感などで動揺してはいけない。とにかく切り替え、切り替えなのだ。

僕が初めて週刊連載を引き受けたとき、まだテレビの美術制作の仕事も続けていた。デスクワークを朝から晩までやっていると、頭が完全にそっちの考え方になり、夜中にどう頑張っても、エッセイ脳に切り替えることが難しかった。「最近、僕の周りに起きた、ちょっとしたことなんですが……」という具合に、プライベートな話を吐露する繊細さを会議に出た後に発揮するのは、無理があった。

というか、切り替えがうまい人間では元々なかった。

いま思えば、考えなくてもわかることだが、週刊連載をやりながら、月曜日から金曜日まで昼間の仕事をこなすのは至難の業だ。

無理があり過ぎて、週刊連載一週目の原稿を仕上げてすぐ、僕は過労で救急病院に搬送されることになる。過呼吸からの動悸《どうき》の激しさで、自宅のトイレでパタンと倒れてしまったのだ。

目を覚ますと、身体は複数の管に繋《つな》がれ、真っ白な部屋で寝かされていた。機械の音が頭上で、ピコンピコンと延々鳴っていてうるさい。看護師が「いま、ご家族の方が来られますからね」と、点滴の減り具合をチェックしながら言う。

カーテンがサーッと開き、入ってきたのは家族ではなく、週刊連載の担当編集だった。

「ああ……」

僕はため息のような言葉を発してしまう。

担当編集は、「今日横浜で打ち合わせだったんで、これお土産のハーバーです」と集中治療室の患者の枕元に『ハーバー』を置いた。

「あの……、見ての通りやっぱり週刊連載はキツいです」と、無い力を振り絞って僕が言葉にすると、「昼間の仕事を普通にしながらの週刊連載ですもんね……、わかります」と神妙な顔つきになる担当編集者。

そして、中腰で僕の耳元まできて、「ですから、この入院のことも原稿にしちゃいましょうよ。ギリギリ、ネタができてよかったと、前向きに捉えて頑張りましょう！最後まで自分がついてます」と言いながら微笑んだ。

惚れぼれするほど、どこまでもドライで効率的。これがこの東京という街の掟《おきて》。都会の姿勢。この街では、少々のことで動揺などしてはいけない。とにかく切り替え、切り替えなのだ。

結局、その連載を僕は四年続けた。「最後まで自分がついてます」とうそぶいた担当編集者は、一年で辞めていった。とにかく切り替え、切り替えなのだ。
どこまでもドライで効率的な人間たちが集う場所、それが東京という街だ。

＊1＝明治のチョコレートスナック菓子「きのこの山」と「たけのこの里」のどちらが美味しいかという論争

ロマーリオに
ドリブルなら
勝てる

冷えた焼きそば

「中華街マスター」と自分のことを呼んでいる先輩に連れられて、横浜中華街に遊びに行ったのは、去年の夏だった。

先輩は中華街に着くなり、マスターぶりを見せつけた。まず大通りは避け、脇道ばかりを巡りはじめる。「名店は路地裏にある」と先輩は誇らしげにつぶやき、路地という路地をずんずん歩く。

しばらく先輩の後ろを黙ってついて歩いていると、「ないなあ……」となにやらつぶやいている。目的の店を見つけられないのかと思い、「探しましょうか？」と思わず声をかけた。

すると、「悪《わ》りい、長渕のサイン探してもらっていい？」と、思ってもみなかったことを頼まれる。

「ん？」と真顔で返してしまった僕に、「長渕剛のサインが飾ってある店にハズレなし。これ中華街の常識な」とこれまた誇らしげに先輩は言い放った。

ふたりしてやっとの思いで、長渕剛のサインが飾ってある店を見つけ、水餃子と空心菜炒め、焼きそばに五目そばをペロリと完食してしまった。たしかに美味しかったが、それが果たして長渕剛のサインのおかげなのかはわからない。

いた。

先輩は嬉しそうに、口の周りの油をナプキンで拭きつつ満足げな笑顔を浮かべていた。

「ひと味違うだろ？」

さしたる根拠はなくても、そう信じてみることで、飯が美味しくなったり、勇気が湧いたりすることがある。

中学校時代、剣道部だった僕は、試合の前に食べる弁当は必ず焼きそばと決まっていた。弁当に冷えた焼きそば。

不釣り合いなはずなのに、その頃の僕にとってはフェイバリットだった。「冷えた焼きそばは消化がよくて、すぐにエネルギーに変わる」という、母の謎の栄養学を丸ごと信じていた僕は、冷え切った焼きそばを速攻エネルギーに変えて、毎回試合に臨んでいた。

いまでもときどき、コンビニで売っている焼きそばを買うと、「温めますか？」と聞かれても、「そのままで」と返し、冷えたままの焼きそばを食べることがある。

それは懐かしいお袋の味で、さしたる根拠はないが、速攻エネルギーに変わって仕事に臨めるので気に入っている。

ほとんどの場合、迷信や思い込みは失敗のもとだが、夢も希望も税金の引き下げもないこの世の中で、正気を保って生きるには、ほどほどの思い込みは必須な気がしている。

僕の中学時代の知り合いに「ロマーリオ」というあだ名の男がいた。彼はサッカー部で、学年ではかなりの有名人だった。ただ、〝学年でかなり〟なわけで、全国的に認められたわけでも、国際的に認められていたわけでもない。

そんなロマーリオこと片山が、ある日の放課後、僕をつかまえてこう言った。

「俺、確信めいたことは言えないんだけど、シュートの精度には差があるけど、ドリブルならロマーリオより上だと思う」

ロマーリオは当時のブラジル代表選手だ。明らかに無理がある。ただその時代、世の中にインターネットは存在しなかった。情報を手にいれるのは簡単じゃなかったし、問題発言も拡散されなかった。

オフサイドを人に説明できないくらい脆弱《ぜいじゃく》なサッカーの知識しか持ち合わせていなかった僕は、彼の「ロマーリオにドリブルなら勝てる」発言を聞いて、「すごいね」とポップに信じてしまった。

片山は気を良くして、持っていたサッカーボールを足元に落とし、頼んでもいないのに、廊下でドリブルを始める。僕はサッカー部マネージャーのようにそれをただただ見守っていた。

結局、片山はいま、コピー機の営業職に就いた。細くだが、まだ友人関係も続いている。ときどき居酒屋で飲んでは、「ドリブルならロマーリオより上だと思う」という名ゼリフを再現してもらって、ふたりで大笑いするのが定番の流れだ。

片山があのとき僕に言ったことを、いまSNSでつぶやいたら、一瞬で笑い者にされて終わりだろう。ひどい場合は、通っている中学校まで特定され、晒《さら》されるかもしれない。二、三日、ネットのおもちゃにされ、次の笑い者に興味は移るのだろうが、晒され、笑われたほうは一生の傷になる可能性だってある。そして、根拠のないことを、簡単に口にできなくなるだろう。

正しさや現実だけでは、人は安眠なんかできない。いい夢を見ることもできない。悪夢みたいな当たり前の不景気を生きるのに必要なものは、口にするのもはばかられる、根拠のない何かな気がする。

違うかもしれない。

でも、確信めいたことは言えないが、個人的にはそんな気がしてならない。

「王貞治のサインがある店は、デザートが美味い。これも中華街の常識な」

しこたま食べた先輩が、シメのデザートを見極めるため、メニュー表をペラペラめくっていた。先輩はそこはかとなく、口元に笑みを浮かべている。そのとき僕は、ロマーリオを凌《しの》ぐドリブルで、廊下を疾走したあと、おもむろに振り返った片山が薄《う》っすら浮かべた笑みを思い出していた。

「杏仁豆腐だな」

先輩が噛みしめるようにつぶやく。

僕は思わず、「すごいね」とつぶやいてしまった。

あぶない刑事とジョン

ミートソースパスタ

超常現象も超能力も大して信じていないが、一度だけどう考えても不可思議なことが起きた。出来るだけ怖くならないようにお話しするが、あれは本当に奇妙な出来事だった。

柴犬のジョンがまだ、ヨタヨタしながらもウチにいたときだから、僕が高校一年生くらいの話だ。わかりやすい記号的な「青春」というものに縁遠かったので、僕はだいたい学校が終わると、午後三時から四時には帰宅していた。二つ下の妹から、「お兄ちゃん、人生は一回きりなんだよ！　付き合う人とかいないの？　マック一緒に食べてくれる人とかさー！」と呆れながら心配されたこともあった。妹にそれくらい心配されることが妥当だと思えるほど、あの頃の僕はどうかしていた。

全国の帰宅部の誰よりも、帰宅が早かった自信がある。友達が極端に少なく、女子のことは性的な目で見過ぎて、まったく話せなくなっていた。

僕の日々は、夕方から再放送される『あぶない刑事』を観ながら、パスタの麺を茹で、その上に、温めた缶詰の『マ・マー』のミートソースをドロドロかけて食べるか、白いカチカチの砂糖がかかった丸い菓子パンを食べるかの二択。母親がパートから帰ってくるまで、部屋にこもってCDウォークマンで、『あぶない刑事』の劇中にかかっていた柴田恭兵『ランニング・ショット』を爆音で聴くのも日課だった。いま、僕は左耳が若干聴こえづらい。哀しいかな原因は、柴田恭兵『ランニング・ショット』の聴き過ぎで間違いない。それくらい命懸けで毎日聴いていた（聴かないで、過去の自分）。

それ以外の時間は生物的には生きていたが、精神的には死んでいた気がする。いくら成長期だからといって、食って部屋にこもる日々を送れば、人はブクブク太っていく。ただでさえ友達がいない、勉強ができない、打ち込む趣味も『あぶない刑事』以外ない状態なのに、そこに「デブ」を付け加えるわけにはいかない。

運動だ、とすぐに悟った。でも、ジムに行くお金はないし、アルバイトも人見知りが原因でほとんどしたことがなかった。

唯一の運動は、老犬ジョンとの夜の散歩。その頃のジョンは、人間の年齢だと七十代から八十代くらいで、もうヨタヨタとしか歩けなかった。一度手が滑って、ジョンのリードを離してしまったことがある。「あっ！」と僕は思わず声を漏らしたが、ジョンは立ち尽くし、「落ち着け」という感じで、見下すような目でこちらを見ていた。そして「リード、拾えや」と言わんばかりに「バフッ！」と一回だけ吠え、僕は「すみません」という感じでリードを拾った。

そんなヨタヨタ犬と小太り男は、よく近くの公園まで散歩に出かけた。公園に着くと、ジョンは気ままに芝生でひっくり返ったり、座ってぼんやりする。僕もそれに付き合うが、たまにベンチにリードを括《くく》りつけ、公園内をゆっくりランニングしたりした。すると、ベンチの脇に座ったジョンが、よくジッとこちらを眺めていた。僕はゆっくり走りながらジョンに手を振ってみたことがある。当然、振り返してはくれないが、若干笑顔に見えたのは、こちらが成長期と思春期で、どこかおかしくなっていたからかもしれない。

ある夜、僕はベンチに座って、ジョンのリードを外した。ヨタヨタとジョンはあっちに行ったり、こっちに行ったりを繰り返す。公園には誰もいない。隣には、鉄のフェンスに囲まれたテニスコートがあった。

その夜、僕は「あー……、なんか良いことないかなあ」などと考えながら、いつも以上にぼんやりとしていた。そのときだ。ヨタヨタ歩くジョンが、テニスコートの鉄のフェンスの近くまで行って、寄りかかるように倒れてしまった。

「カシャン!」

大きな音が誰もいない公園に響く。僕は慌てて、ジョンのもとに急ぐ。暗闇の中、いくつかある照明がジョンを照らしていた。

近づいてみると、ジョンは鉄のフェンスの向こう側のテニスコートで、手足を揃えて倒れていた。

「ええっ?」

一瞬、訳がわからなくなり、呆然としてしまう。ジョンは完全に鉄のフェンスを通り抜けてしまっていた。フェンスのどこにも穴など開いていないのに。

するとジョンはすくっと立ち上がり、身体をブルブルッとさせ、こちらをジッと見た。「なんか、おかしくない?」という顔で。

〝まさか、ジョンは死んで向こう側の世界へ逝ってしまったのか!?〟

目の前で起きたことにそれらしい理由をつけようと咄嗟《とっさ》に想像したが、そんな訳もなく……。混乱したままテニスコートの入り口のドアから、ジョンを普通に救出した。

フェンスを通り抜けたジョンは、それからなにかの能力に目覚める訳でもなく、十二才で亡くなる。

先日、知り合いの超常現象マニアにその話をしたら、こう熱弁された。

「ゲームの世界でときどきバグが起きるだろ？　プレイヤーが固まったり、壁をすり抜けたり。あれと一緒で、この世界にもバグは存在するんだよ。例えば幽霊とか、UFOとか。あの目撃証言なんかも全部バグだ。つまりこの世界はプログラミングされてるわけだ」

どこまで本当かはわからない。ただ、たしかにジョンはフェンスを通り抜けた。超常現象も超能力も大して信じていないが、想定外なことが起きるという意味では、青春時代も似たようなものだ。もしかすると、すべては世界のバグによるいたずらだったのかもしれない。

今日の昼、久しぶりに自分で茹でたパスタの麺に温めた缶詰の『マ・マー』のミートソースをドロドロかけて食べながら、自分の肥えるばかりの腹回りも「世界のバグによるいたずら」で片付けられないかと、ふと考えていた。

デトックス、デトックス♪

精進料理

都内近郊の温泉街に、精進料理しか出さない温泉宿がある。その宿の存在を知ったのは、テレビの旅番組だった。アイドルの女の子ふたりが浴衣を着て、「デトックス、デトックス♪」と言いながら里芋の煮付けや切り干し大根を食べていた。

僕は生まれてこのかた、精進料理と銘打ったコース料理を食べたことがない。勝手なイメージだが、広い畳の上で正座をして、凍えるような寒さの中で食べる、御膳にのった簡素で薄口の料理、みたいな位置付けだった。しかし、その旅番組で彼女たちが口にしていた精進料理は、美しい盛り付けで、肉はもちろん入っていないが、いまどきの洒落た和食屋で出てくるようなメニューに見えた。

ここ数週間、風邪を引いたときのようなダルさ、倦怠感が抜けていない。僕は番組を見ながら、救いを求めるような心持ちで宿のHPから予約を入れてしまう。

思い立ったが吉日、二日後には、もうその宿にいた。「日頃の不摂生、ストレスを解消する場所」と謳《うた》う宿のカウンターで、宿泊手続きをしているのは、若い女性の一人客ばかりだった。

「お一人様ですね。ゆっくりお過ごしください」

宿の店主は三十代くらいの男性だったが、短髪で清潔感があり、やけに落ち着いて見える。紺の作務衣《さむえ》がよく似合っていたが、作務衣の上からでも、身体を鍛えているのがわかるほど、ガッチリとしていた。立ち去るときに、フワッと甘い香水の匂いが僅《わず》かにして、少しだけ引っかかった。

部屋は簡素といえば簡素、無駄がないといえば無駄がない和室。荷物を部屋の隅に置いて、まだ青い清潔な畳の上に寝転がってみる。本当に疲れていたらしく、枕も置かずにそのままあっという間に、二時間近く眠ってしまっていた僕は、夕食の時間を告げるフロントからの電話でやっと目が覚めた。

大きな和室の大広間に宿泊客が四人、ぽつんぽつんと座っている。僕以外は全員若い女性だった。

まず運ばれてきたのは、胡麻豆腐のきのこ白あえ。日々、立ち食い蕎麦の『富士そば』を主食にしている僕の胃袋が拍手をしながら迎え入れているのがわかる。大広間は水を打ったように静かだ。僕はできるだけ音を立てぬように箸を動かす。続いて、生湯葉とこんにゃくのお造り。薄いこんにゃくに少し醤油をつける。ザラッとした舌ざわりが新鮮だった。一口サイズの豆腐ステーキには、温野菜が添えてある。みそと醤油を合わせたソースのおかげでご飯が進む。いろいろなきのこが入った炊き込みご飯だ。そして生姜の天ぷらと香の物、お吸い物。どれも少しずつ味わいながら、ゆっくり口元に運んだ。

あとでお腹が減りそうだと思って、カバンにコンビニで買った板チョコを隠し持っていたが、まったく必要なかった。しっかりお腹がいっぱいになったのに、胃もたれしていない。

三十代後半から、何を食べても胃もたれをする体質になっていたので、食後のこんな爽快感は本当に久しぶりだった。

精進とは仏教用語で、「仏道に専念する」という意味だということを、料理を運ぶ仲居さんが教えてくれた。殺生《せっしょう》をしないという戒律のもとに、肉や魚を避け、素食を心がける僧侶の修行の一環として食したところから始まるらしい。ただ現在は、「四季折々の健康食」という括《くく》りで問題ないことも教えてくれた。

さほど大きくはない大浴場だったが、とにかく男は僕だけだったので、貸切風呂状態。ノートパソコンやスマートフォンに触ることをやめて、午後九時には布団に入ることにした。

デトックス、デトックス。そしてストンと眠りに落ちるはずだった。

しかし僕はそのとき、とある締め切りに追われていて、渋谷の『喫茶室ルノアール』で、担当編集の方に、なぜ今日原稿が間に合わなかったか、という言い訳を延々にするという悪夢を繰り返し見てしまう——。

「うああ！」と声を上げ、ガバッと夜中に飛び起きると、深夜二時をちょっと回ったところ。仕方なく、真夜中の大浴場にもう一度向かい、しばらく身体を温めてから、浴衣で宿の周りを散歩することにした。

表玄関の前に、宿専用の駐車場がある。下駄をカランコロンと鳴らしながら、そこまで歩いて行くと、暗闇にピカッとライトが点灯した。灯りは、駐車場に停まっていた車高の低い赤のランボルギーニカウンタックのものだった。

ふと運転席を見ると、向こうもこちらを見ている。運転席に座っていたのは、やけに落ち着き払っていた宿の若いオーナーで間違いなかった。助手席には、宿泊客の若い女性のひとりが俯《うつむ》き加減でちょこんと座っていた。運転席から僕に軽く会釈をするオーナー。真夜中の温泉街で、「グイン～グイン～グイン～」と、ランボルギーニカウンタックのエンジンが唸りを上げた。

精進料理とランボルギーニカウンタック。その落差に、僕はしばらくその場で立ち尽くしてしまった。オーナーが短くクラクションを鳴らして、僕の前を誇らしげに走り去っていく。

相変わらず僕は呆然と言葉を失ったままだ。さっきまでデトックス感満載だったのに、いま見てしまった情報量過多な光景により、一気に胃もたれにも勝る不快感に襲われた。そのときほど、血の滴るステーキを食べたいと思ったことはない。

次の日、チェックアウトよりかなり早めに、僕はその宿を後にした。

「みんなの分は
ないから、
内緒よ」

いちごみるくキャンディ

定年退職をした知り合いの元テレビのプロデューサーが、あまりに家にこもって、一日中寝てばかりなので、家族から「なにかすれば?」と呆《あき》れられ、とうとう重い腰を上げた。

知人の紹介で数ヶ月前から朝早く起きて、小学生の通学路に立ち、黄色い旗を持って、腕章を着け、「おはよう!」と言いながら、子どもたちの見守り活動を始めたというのだ。彼はテレビ業界では珍しいくらいに社交的ではなかったので、子どもたちの見守り活動をする姿なんて想像もつかず、本当に驚いた。

最初は「せっかく会社を辞めたのに……」とイヤイヤだったらしいが、だんだんと子どもたちと顔馴染みになっていくと、早起きが億劫《おっくう》ではなくなり、目覚ましなしで起きられるようになったという旨のメールをもらった。

それどころか、「あれ? なんか元気ないな」とか「良いことでもあったかな?」など、毎朝子どもたちと会話を交わすうちに、自分の体調はもちろん、彼らの心の健康状態まで、わかるようになってきたという。彼がそんな人間らしい話をするようになったと知ったら、テレビ業界で一緒に働いていた人たちは、きっとビックリする程度では済まないだろう。

さらに、二日酔いのまま見守り活動に出かけたときなどは、「ねえ、昨日お酒飲んでたの？」「キャバクラ行ったでしょ？」などと、逆に子どもたちに冷やかされるらしい。いまどきのませた子どもたちの態度には驚かされる。

僕もごくたまに、知人の子どもを預かることがある。小学校の高学年になったその子も、キッチリいまどきの子で、クラスの好きな子に振り向いてもらうため、料理教室に通っている。「なぜ？」と聞いたら、「キャンプの授業があって、そのときに料理ぐらいできないと、相手にされないでしょ？」と返された。思わず、「参考になります」と返しそうになってしまう。自分が小学生の頃はあまりに「子ども」が過ぎた。女の子に対しては、意識し過ぎて、自然な挨拶すらまともにできないレベルだった。

そんな僕が小学生の頃にも、見守り活動をしてくれていたおじさんやおばさんがいた。だいたいが生徒の親御さんだったり、地域のおじいさん、おばあさんだった。その中でもひとり、いまでも憶《おぼ》えている人がいる。

それは、学校で同じクラスにはなったことはないが、Oさんという運動神経抜群で勉強もできた、学年でも綺麗で有名だった女の子のお母さん。Oさんのお母さんは、アイドルのような板に付いた笑顔で挨拶をしてくれた。僕たちは芸能人にでも会ったかのように、気持ちが昂《たか》ぶって、なぜか目の前で変顔をしたり、兵隊のように、遠くからザッザッザッとピンと姿勢を正して歩いた（つまり、照れ隠しが常軌を逸していた）。恋も愛もまだなにも知らない年頃だったが、彼女のお母さんが朝いるというだけで、僕は間違いなくテンションが爆上がりしていた。

その日も、「おはよ〜」と黄色い旗をパタパタッとして、僕たちに挨拶をしてくれた。そしてエプロンのポケットから、いちごみるくのキャンディを一つ、僕に握らせる。化粧っ気のない笑顔が眩《まぶ》しい。ある者は「小泉今日子に似ている」と言い、ある者は「浅香唯だ」と譲らなかったが、僕にはタイムボカンシリーズ『ヤッターマン』の敵役、ドロンジョ様そっくりに見えた。ちなみにドロンジョ様は、僕の初恋の人だ。

「いちごみるく。みんなの分はないから、内緒よ」

その言葉で、僕はすっかりほだされてしまう。白いTシャツと腕の黄色の腕章が、とても似合っていた。長い黒髪が風で揺れ、石鹸のような匂いがほのかにした。「ありがとう」の一言すら、天にも昇る心地で言えなかった。

その日の夕方、学校が終わって、僕はひとり通学路を帰っていた。朝もらったちごみるくのキャンディは、まだポケットの中だ。もう詳しくは忘れてしまったが、その日はなぜか水彩絵の具のセットを片方の手で持ち、もう片方の手で体操着が入った袋を持っていた。よいしょよいしょと大荷物の僕は歩いている。陽がいまにも沈みそうで、遠くの空は薄い紫色に染められ、綺麗だ。居酒屋の提灯が灯《とも》り、おでんのいい匂いがどこからか微《かす》かにしていた。

そのとき、カカカッとハイヒールを履いた女性が、僕の目の前を横切っていく。黒いスカートに白いシャツの女性。それは朝に見守り活動をしていた、Oさんのお母さんで間違いなかった。

小走りで向かった先には車高の低い黒いスポーツカーが停まっている。颯爽と車に乗り込むOさんのお母さん。運転席には、いかにもモテそうな、ガタイが良く、これまた白いシャツが似合う、日焼けした男が乗っていた。それがOさんのお父さんだったのかどうか、Oさんのお父さんを見たことのない僕には判別ができない。とにかく、両手に大荷物を持った僕は、しばし呆然としながらその光景を眺めていた。車中の男女は、女のほうが覆いかぶさるようにして一瞬だけ重なる。そして、すぐに座席のシートベルトをする。

程なくして、「ブロロロッ」と重いエンジンが響き出した。図らずも大人の世界を覗いてしまったような気がして、我に返った僕は目を逸《そ》らした。

満面の笑みのふたりを乗せ、黒いスポーツカーは、あっという間に見えなくなる。

さっきまでかろうじて沈んでいなかった夕陽は、完全に沈み、濃い藍色の世界になる。僕は両手の荷物を一度置いて、ポケットの中にあったいちごみるくのキャンディを、口に放り込んでみた。カチッと歯で噛み砕くと、中からドロッとしたミルクのような甘いクリームが出てくる。

僕は割れたキャンディを舌の下に押し入れ、両手に荷物を持ち直し、「よいしょ」と口に出してまた歩き出した。

「青春とは？」「笹塚」

カレーライス

笹塚という土地は、生活している人と人との距離が近い気がする。

僕は笹塚の、築四十年のアパートを少しだけリノベーションしたところに三年くらい住んでいたことがある。壁は薄く、隣の部屋の生活音は丸聞こえ。隣が掃除機をかけ始めると、「そろそろウチも掃除でもするか」という具合だったが、元が呑気な性格なので、壁の薄さは大して気にはならなかった。

隣の部屋が一度空いて、すぐに新しい人が入ったのは知っていたけれど、ここは東京、「今度引っ越した◯◯です」なんていうご近所付き合いがあるわけもなく、誰が住んでいるのかは知らないまま一年くらいが平気で過ぎた。

ある日、玄関のドアを開けて外に出ようとすると、ちょうど隣もドアが開いて、目が合ってしまう。隣人はスラッとした背の高いＯＬ風の女性で、気持ち程度の会釈だけを交わした。

しかし、一度会うと、なぜか続くもので、数日後にまた同じタイミングでドアを開ける日があった。さすがにバツが悪かったが、向こうはちょっとはにかんで会釈をしてくれる。僕も同じように返したものの、それ以上、何かが始まる気配はなかった。

笹塚のあの時代、僕はとにかくカレー作りに凝《こ》っていた。スパイスから作るとかそういう凝り方ではなく、市販のルーをいくつか混ぜ、その組み合わせを日々変えて楽しんでいた。辛口のカレーのルーに、子ども用の甘口のルーを隠し味のように少しだけ入れたものが、案外いけたのを憶えている。中辛のルー半分、ホワイトシチューの素を半分、そこに醤油を少々入れたものは、いまでも舌が憶えているほどの失敗作だった。近くの百円ショップなどで、たくさんの種類のカレールーを買ってきては、ぐつぐつ煮込む実験のような工程が好きだった。

鍋でかき混ぜているときは、不思議と無心になれた。ぐるぐるとルーをかき混ぜていると、面倒なことや厄介な仕事相手のことを忘れることができた。当時の僕にとって、唯一の趣味らしい趣味だったかもしれない。カレーが何日続いても、まったく気にならなかったので、本当にカレーが好きなんだと思う。

友人には、「前世がインド人かネパール人だったんじゃないか?」と呆れられるほどだった。大辛のカレールーに、納豆をひとパック、はちみつを大さじ一杯くらいかけたものが、僕が見つけた味の中では群を抜いて美味しかった。とにかくその頃、週の半分は、実験的なカレーライスを食べ続けていた。

隣人と二度すれ違ってから数日経った夜、いつものように仕事が終わって部屋に戻ると、カレーのいい匂いがぷ〜んと香った。「隣は今日カレーか」となぜか少し嬉しくなる。壁が薄いので、隣の部屋のカレーの匂いも筒抜けになってしまう。

カレーの匂いはなぜここまで人を安心させるのだろうか。

「あ〜腹減ったあ」

大声で伸びをしながら心の声が思わず漏れてしまった。声が大きすぎて、隣に聞こえてしまった気がして、少々焦る。ベッドに大の字になって、夕飯は何を食べるか考え始めるが、口がもうカレーを欲している。今日はさすがに作る元気がないので、駅前のカレースタンドにでも行くかと思い立ったそのとき、めったに鳴らないインターフォンが躊躇《ためら》いがちにゆっくりと一度鳴った。

「ピーン……、ポーン」

僕は宅配便でも頼んでいたかなあと考えながら、玄関のドアを開ける。するとそこには、隣の部屋の彼女が鍋を持って立っていた。

「あの、カレーなんですけど。もしよかったら食べませんか？　冷凍しようと思って、たくさん作ったんですよ。お腹減った〜、が聞こえちゃって」彼女は申し訳なさそうに言うと、「あっ、気持ち悪かったら大丈夫です！」と鍋を引っ込めようとした。「いやっ！　嬉しいです」と僕は慌てて、鍋に手を伸ばす。

「あっ！　ならよかった！　いつもカレーのいい匂いしてたんで、今日、思わず作りたくなっちゃって」

彼女はそう言って、初めて笑ってくれた。

彼女の作ったカレーは、ザクザクと大きめに切られた玉ねぎが多めで、人参とじっかり焼かれた豚肉がゴロゴロ入ったものだった。図らずも、実家の母親がよく作ってくれたカレーライスに味が似ている。

次の日、きれいに洗った鍋と、お礼のマカロンを持って、インターフォンを押すと、「は〜い」と気だるい声がして、ゆっくり玄関のドアが開く。そこには、若い銀髪の男が立っていた。

「あっ……」と僕はニヤけた顔を一瞬で封印し、昨日の夜の事情を言い訳するように早口で説明して、鍋とお礼のマカロンの入った紙袋を、彼に手渡した。

「あー、ども」銀髪は一言そう言うと、素っ気なくバタンとドアを閉めた。

彼女とはその後、偶然会うこともなくなった。

夕暮れに、カレーの入った鍋を持って、玄関口に立っていた彼女の姿を、いつまでも忘れることができない。大した青春を送ってこなかった僕にとって、非現実的な光景だったからなのだと思う。あの頃、仕事だけは忙しく、時間がなかった。あれだけ仕事をこなしていたのに、大してお金もなかった。大した趣味もなかったし、彼女もいなかった。カレーのルーの掛け合わせ実験は、笹塚のあのアパートの頃だけの趣味だった。

雑誌のインタビューで、「青春とは?」という質問に、「笹塚」と即答したことがある。誰もが「?」しか浮かばない回答だ。そのときは、僕もなぜそんなことを言ったのかわからなかった。でも改めて、あの笹塚のアパートの頃を振り返ると、僕にとっては青春の要素だけで出来上がっていることに気付く。

薄い壁。カレーの匂い。鍋を持った彼女。突如走り出した予感と期待。失恋にもならない別れ。青春とカレーの匂いは、どこか相性がいい気がしている。あの時代、やけにカレーばかりを作っていただけかもしれないが。

季節のお便りおじさん

鍋

渋谷の『Ｂａｒ Ｂｏｓｓａ』はいわゆる、奥渋といわれる地帯にある。路地を曲がって曲がって、やっとたどり着くような場所にあり、もう十年以上は通っている。ワインの味がざっくりとしかわからない僕にも優しいオーナーは、「赤？　白？　さっぱり？　どっしり？」と、明朗闊達《かったつ》に聞いてくれる。そんな店に週に一度くらいの頻度で顔を出しているので、どうしたって顔見知りが増えていく。

その中のひとりに、まだ三十代の若いライターの女性がいる。先日、『Ｂａｒ Ｂｏｓｓａ』で飲んでいると彼女が赤ワインの入ったグラスを持って、ズズズッとカウンターの席を詰めてきて、苦虫を潰《つぶ》しまくったような表情で、「このメール見てくださいよ」と自分のスマートフォンの画面を僕に見せてきた。

〈冬だね。鍋でもどうですか？〉

メールの送り主は、池袋でレストランを二軒経営しているという五十代半ばの男。「ああ、いるよねー」と僕が答えると、「夏バージョンもあります」と彼女は面倒臭そうに言う。そして、スマートフォンの画面をサァーッとスワイプさせ、一通のメールをまた僕に見せる。

そのメールには、〈暑いですね。かき氷でも一緒にどうですか？〉とあった。

「なるほど」と僕。

「春バージョンもあります」と彼女はまた画面をいじり始める。

「わかった！　わかった！」と僕はその手を止めた。

彼女の話には身に覚えしかなかった。

〈いま、両国です。そういえば、ちゃんこ鍋食べたことありますか？　僕はないです。今度どうですか？〉とか、〈いま、静岡です。そういえば、静岡おでんって食べたことありますか？　僕はないです。今度どうですか？〉とか（毎回同じ手口）。とにかく自分にもその手のメールを送っていた黒歴史があることを白状した。

春は〈桜が咲いたね。中目黒に花見でも行かない？〉、夏は〈暑いね。鎌倉に白玉あんみつ食べに行かない？〉、秋は〈やっと涼しくなってきたね。秋刀魚の炊き込みご飯が美味しい店にどう？〉、冬は冬で〈寒いね。キムチ鍋もいいね。行かない？〉という具合。

「季刊誌みたい……」

彼女はライターらしい感想を吐いた。僕はそういったメールを〝季節のお便りメール〟と呼んでいる。

人は人生のある時期、季節のお便りメールがやけに届くときがある。そしてしばらくすると、季節のお便りメールはパタリと止み、送る側も届く側も大人になっていくのだ（知らんけど）。

そんなことを彼女に滔々《とうとう》と話すと、「いやいや、延々と送ってくるバカだらけですから！」と即否定された。

男女平等が謳《うた》われている昨今、かなり言いづらいが、どう贔屓目《ひいきめ》に見ても男のほうが永遠にガキだと思う。ガキが老けて、おじさんの仮面を被《かぶ》ったガキに変化する。さらに老けて、おじいさんの仮面を被ったガキになるに過ぎない。

中学の帰り道、通学路に面していた公園で、ゲートボールの途中に些細なことで揉めたおじいさん同士の殴り合いを見たことがある。些細なことだとわかるのは、殴りかかっていたおじいさんが僕の親戚だったからだ。自分の血を恨んだし、老いて尚、まだ「俺が！　俺が！」で人間は生きていくのかと考えると鬱々《うつうつ》とした。

たまに個室ビデオボックス（エッチなビデオを六本選んで、個室に入り、各々自家発電する店）に立ち寄ると、絶対八十代くらいのおじいさんがカゴを持って、骨董品の価値を吟味するかのごとく、エロビデオのパッケージを真剣に見ているところに出くわす。結構おじいさんたちの溜まり場になっている気がする。

おじいさんになんの罪もないが、その風景を見かけるたびに、僕は鬱々としてしまう。嗚呼《ああ》、あの年になっても、欲望から解放されぬのか……、と。

昨今、おねだり知事だ、裏金だ、セクシーダンサーだ、と政治家の腰の据わった悪行をニュースで見るたび、人間の欲望が年齢によって薄まるなんて幻想でしかないんだろうと諦めている。

ライターの女性が、〈冬だね。鍋でもどうですか?〉とメールを送りつけてきていた男の登録名を僕からの助言で、男の本名から〝季節のお便りメールおじさん〟という登録名に変更した。

しばらくして彼女に再会したとき、最近の季節のお便りメールおじさんの様子を聞いてみると、順調に季節の変わり目には必ずメールが届くという。

ただ、最近では季節のお便りメールが届くと、次の季節が来たんだなと実感する日々だと語っていた。僕の知らないところで、季節のお便りメールおじさんは、気象庁のような役割に昇格していた。それはつまり、おじさんの仮面を被ったガキが、薄っすらとだが初めて人の役に立った瞬間だった。

「イタダキマス！」

一風堂のラーメン

リアーナは来日するたびに六本木の『一風堂』に来店している。

それは別に極秘情報でも陰謀論でもない。六本木の『一風堂』のＳＮＳ公式アカウントで写真付きで見ることができるし、たまたま出くわしたファンの人たちのつぶやきなどでも確認できる事実だ。先日、来日した際には、三日連続で店を訪れていたことが報じられていた。

一方でほぼ同時期に、「リアーナ、インドの大富豪の結婚式でライブパフォーマンス！ ギャラは一晩九億円！」というニュースもネットを飛び交っていた。『一風堂』とギャラ一晩九億円のギャップにクラクラしてしまう。

印刷会社営業の友人は、娘さんが成人するまで、月二万五千円の小遣い制を強いられている。そんな彼が『串カツ田中』でデロデロに酔っ払いながら、「老後の蓄え二千万円」という政治家の発言に噛みついていた夜に、僕は「一晩九億円！」というニュースを目にしたので、倍クラクラしてしまった。

友人は「結局さ、世の中は右と左に分かれてるんじゃないんだよ。上と下に分かれているんだよ。それもその間には、分厚い鋼鉄の壁があるからね」と何度も何度も繰り返し、まるで自分を諭すように唱えていた。

僕は現在J-WAVEでナビゲーターをしているので、六本木の『一風堂』には仕事終わりに立ち寄ることがある。

昨日もラジオの収録が終わった後、身体がどうしてもカロリーを欲して、知らずしらずのうちに足が『一風堂』に向かっていた。いつも座るカウンターの隅の席で、いつも通り白丸新味を注文する。白丸新味は、『一風堂』のスタンダードメニュー。臭みのないスープと細麺の相性は絶妙で、エネルギーを使った後に、どうしても口が求めてしまう。五十才を越えてから、水を飲んでも太るような体質になったというのに、『一風堂』に来ると、替え玉込みで、『一風堂』だと思っている節《ふし》がある。その日も気づくと「バリカタ！」と元気に店員さんに告げてしまっていた。

店内にリアーナはいなかったが、僕以外はほとんどが外国人観光客だ。外国の方々も当たり前のように「カタメ！」などと言いながら、慣れた感じで注文をしている。とんこつラーメン、もしくは『一風堂』という屋号は、もはやグローバルスタンダードで間違いない。旨そうにずるずるやっている世界各国の人々を見ながら、『一風堂』の関係者でもないのに、僕はどこか誇らしい気分で、替え玉をどんぶりに投入した。

ずるずると麺をすすりながら、ＹｏｕＴｕｂｅを立ち上げてスーパーボウルのハーフタイムショーでパフォーマンスをしているリアーナの動画を観る。音量をあげてリアーナの動画を観ながら、白丸新味を食べる。プライスレス。いや、替え玉を含めるとかなり値段はいってしまっているが、これは生きていく上での必要経費だ。そしてつくづく、リアーナほどのスーパースターでも、食べているものは一緒だったりするんだよなあと実感する。

前に50戦50勝（27ＫＯ）無敗の戦績を誇り、史上初の無敗で五階級制覇を成し遂げたボクシングのカリスマ、メイウェザーが来日したときのこと。記者会見で相手をおちょくるようなパフォーマンスを散々した彼が、ボディーガードに守られながら移動している動画が、ニュース番組で流れていた。

報道陣がメイウェザーを中心にして、民族大移動という感じで一緒に移動していく。ニヤニヤ笑ってスマートフォンで電話をしながら歩くメイウェザー。

そのとき、一瞬だけ映った彼のスマートフォンの機種が、僕と同じだった。

「だからなんだ?」と問われたら、「別になんでもありません」と謝るしかないが、僕とメイウェザーの間に僅《わず》かに重なる部分があることが嬉しかった。

大金持ちでもその日暮らしでも、食事はだいたい一日三食だろう。現代を生きるどんな人間でも、だいたいがネットかテレビ、もしくはラジオから情報を得ているはずだ。人種、年齢、社会的立場など様々だとしても、実は天と地ほどの差異はないのかもしれない。

いけないとわかっていながら、僕は『一風堂』の白濁色のスープをまたすべて飲み干してしまった。スープが一滴も残っていない空のどんぶりをテーブルに置き、お冷やをグビグビと飲む。

そのとき、ふと横の席を見ると、二メートルはありそうな大柄な外国人観光客の男性もちょうど、どんぶりごと飲み込みそうな勢いで、スープを飲み干したところだった。

いや、違う。

よく見るとそれはまだ前菜扱いだった。彼の前には別のラーメンがある。すぐに次のラーメンのどんぶりに手を伸ばし、「イタダキマス!」とおぼつかない日本語で言う。

そしてまた、掃除機のようにラーメンの麺からスープまで吸い込んでいく。一晩で九杯くらい食べそうな勢いを感じた。

空っぽになったグラスを握りしめながら、しばらく僕はその見事な食べっぷりに見入っていた。見入りながら、印刷会社の友人の「結局さ、世の中は右と左に分かれてるんじゃないんだよ。上と下に分かれているんだよ」という言葉を思い出す。

友人に今度会ったときに伝えたい。右と左でも上と下でもなく、世の中は大と小に分かれている可能性が高い。

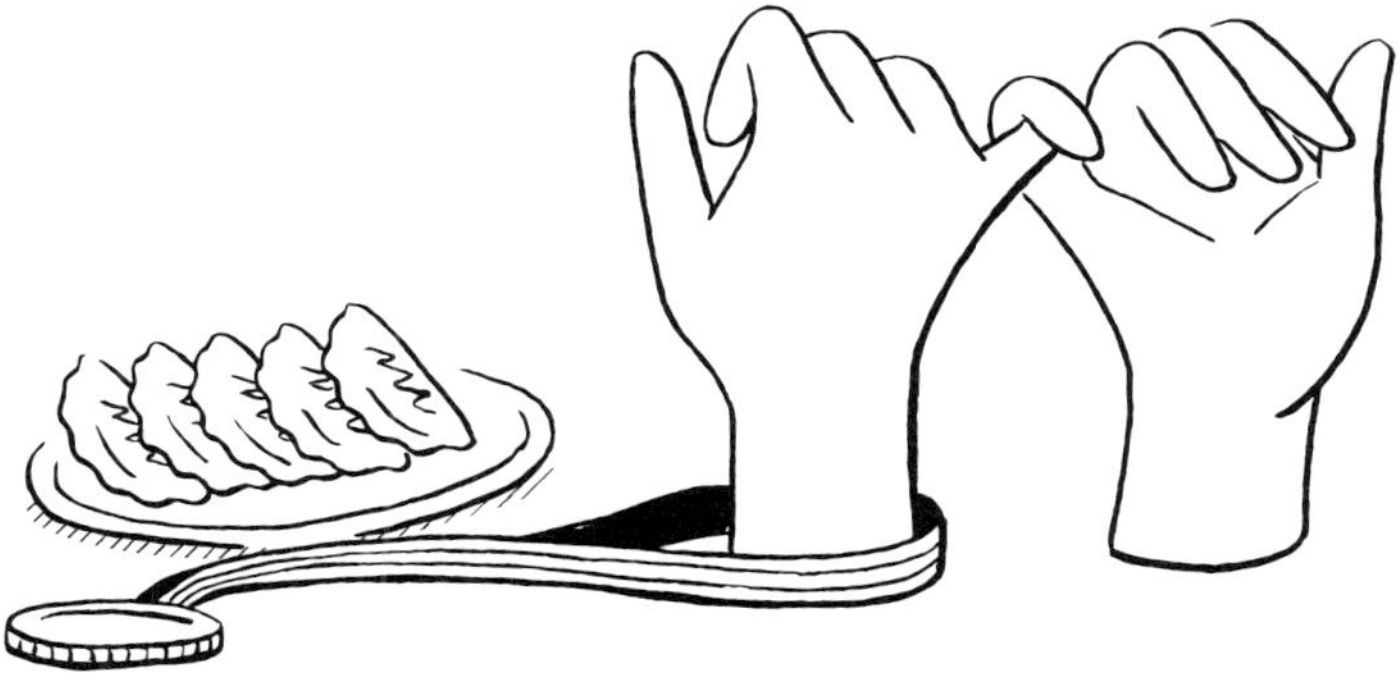

大人の約束は時間がかかる

餃子と高級鮨

四十年とちょっと歴史がある居酒屋が、半月前にひっそり閉店した。木造の二階建て、築五十年はくだらない佇《たたず》まい。お品書きはすべて店主の手書き。日本酒と芋焼酎の種類はピカイチで、お通しの角煮は、口の中ではらはらと崩れて溶けるほど柔らかく、味もしっかり染みていた。

僕はその店に三十代前半から通っていて、人生で初めてボトルを入れた店だった。焼酎のボトルに、サインペンで自分の名前を入れるとき、大人になれた気がして、嬉しかったのを憶《おぼ》えている。店主のことを常連客は「おっちゃん」と呼び、慕っていた。

カウンターにはいつも、近くの小学校の子供たちが遊びに来て、夕方から夕飯時まで、漫画を読んだりしながら時間を潰《つぶ》している。早くから飲み始める常連客たちは、子供たちの学校であった出来事や最近の子供事情を肴《さかな》に日本酒をひっかけるのが恒例だった。

おっちゃんは、子供たちにとって、親よりは遠いが、親戚のおじさんよりは近しい存在に見えた。それは僕たち常連にとっても同じだった。常連客同士の結婚式、あるときは葬式。誰よりも涙しながら参列するのが、おっちゃんだった。

閉店を決めた理由は、おっちゃんの腰痛と、店を切り盛りしていた奥さんが、コロナにかかって以降調子が戻らないこと。最後の半年は、常連が何人かでシフトを組み、店を手伝った。僕も数日だけ、厨房で慣れないサワー作りなどをした。

「氷多いだろ!」とか「チャッチャ動けや!」と、とにかくおっちゃんからの怒号が凄《すご》い。「ハイハイ」と最初はみんな我慢していたが、「チッ」と見事な舌打ちをし始める常連もいた。

それでも、「おい、お母ちゃんどうなんだ?」と僕の母が体調を崩していることを憶えていて、気遣ってくれたり、「来週、お前のかみさん誕生日だろ」と手伝っていた常連の奥さんの誕生日を憶えていて、お土産を渡してくれる。

いつかの年越し、店でみんなそろって迎えたときの額装された写真を眺めながら、おっちゃんが手ぬぐいで涙を拭ったときは、いい年をしたおっさんばっかりの常連たちが、釣られて涙を流した。

おっちゃんの店にいると、いつもより口が悪くなって、いつもより優しくなって、いつもより涙もろくなってしまう。

最終日の前夜、僕はシフトに入って、洗い物や片付けを手伝った。深夜0時に閉店すると、パチパチパチと小さく拍手が起こる。おっちゃんの奥さんが、「ヤダ、あと一日あるのよ」と笑う。おっちゃんもニコニコしながら、手を動かしていた。僕は「一緒に宇都宮に行って餃子を食べ歩きする」という約束を今年中に果たそうと、抱き合いながら伝えた。

宇都宮はおっちゃんの地元で、何度も「おっちゃんオススメの店何軒かを食べ歩きしよう」と話していたのに、実現できないままだった。おっちゃんは「これでこっちは暇になるんだから、行こうぜ！」と笑顔で洗い物をしながら答えてくれた。

僕が暖簾《のれん》をくぐって外に出ると、その店でしか会わないが、二十年くらい顔見知りだった男性が店先でタバコを吸っていた。男性が、「聞いた？　おっちゃん、かなり悪いらしいよ」と心臓あたりを指差す。腰痛以外で身体が悪いことを僕は知らなかった。タバコの煙を吐きながら、男性は「なかなか難しいですね」とこぼして店に戻った。

おっちゃんは店を閉めてから、二週間も経たずに入院した。容態《ようだい》は落ち着いているが、この原稿を書いている現在もまだ入院したままだ。

いまから六年前、僕は一度だけ、両親に鮨《すし》をご馳走したことがあった。最初の小説の印税が入ったとき、絵に描いたような親孝行を一度きっちりしたくなって、銀座の鮨屋に両親を誘った。母は「そんなお金があるなら貯金しておきなさい」と何度も言ったが、父は「そうか、ありがとう。お母さんと一緒に行くよ」と母を説得してくれた。

店はカウンターのみで、客は僕ら三人だけ。日本酒を父に注ぐと、いつも不機嫌そうな口元が緩む。父が僕のおちょこにも日本酒を注いでくれる。一口で僕がそれを飲み干すと、父もくいっと飲み干した。

「よくやってる」

ひと言だけ、父がつぶやく。その言葉にホッとして、僕はその日やけに酔っ払ってしまった。支払いを済ませて外に出ると、父が「ごちそうさまでした」と笑顔を見せてくれた。

その後すぐ、僕がタクシーを止めようとしたときだ。

父が、「うう……」と唸《うな》り声をあげて、路上に倒れてしまった。母はなぜか、異様に冷静で、父親のベルトを緩め、ボタンを外し、意識を確認する。僕は慌ててしまって、スマートフォンで救急車を呼ぼうとするが、住所がわからず混乱状態に陥る。

結局、救急車は通りすがりの人が手配してくれて、救急病院に運ばれた。夜の待合室で母親とふたり、診断結果を待つ間、久しぶりにゆっくり話した。

「お父さん、嬉しかったのよ。嬉しくて飲みすぎちゃったのよ。ばかねえ」と母は呆《あき》れるように笑った。

僕が二十才になり、成人式に向かおうとしたとき、父はわざわざ僕を呼び止め、「お前とこれで酒が飲めるんだな」と言ったことがある。僕はあの日、なんと答えただろう。どうしても思い出すことができない。

結局、四十代半ばまで、父と酒を飲んだことは一度もなかった。大人同士の約束は、ときに月日を要する。果たされず、約束を交わした事実だけが標本のように大事に保管されることすらある。

「普通に大学に入って、普通に就職して、普通に孫の顔を見せてくれ」

それが父の、僕への希望だった。その「普通」は、僕にとってはオリンピックで金メダルを獲《と》るくらいに難しいことだった。父の理想と僕の現実は、今のいままで寄り添うことがなかった。

真っ暗な病院の待合室で、急に父に申し訳なくなって、こみ上げてくるものがあった。僕が堪《こら》えようとして踏ん張ったとき、母が隣で「あなたたち、ばかねえ」と僕よりも先に涙を流してくれた。

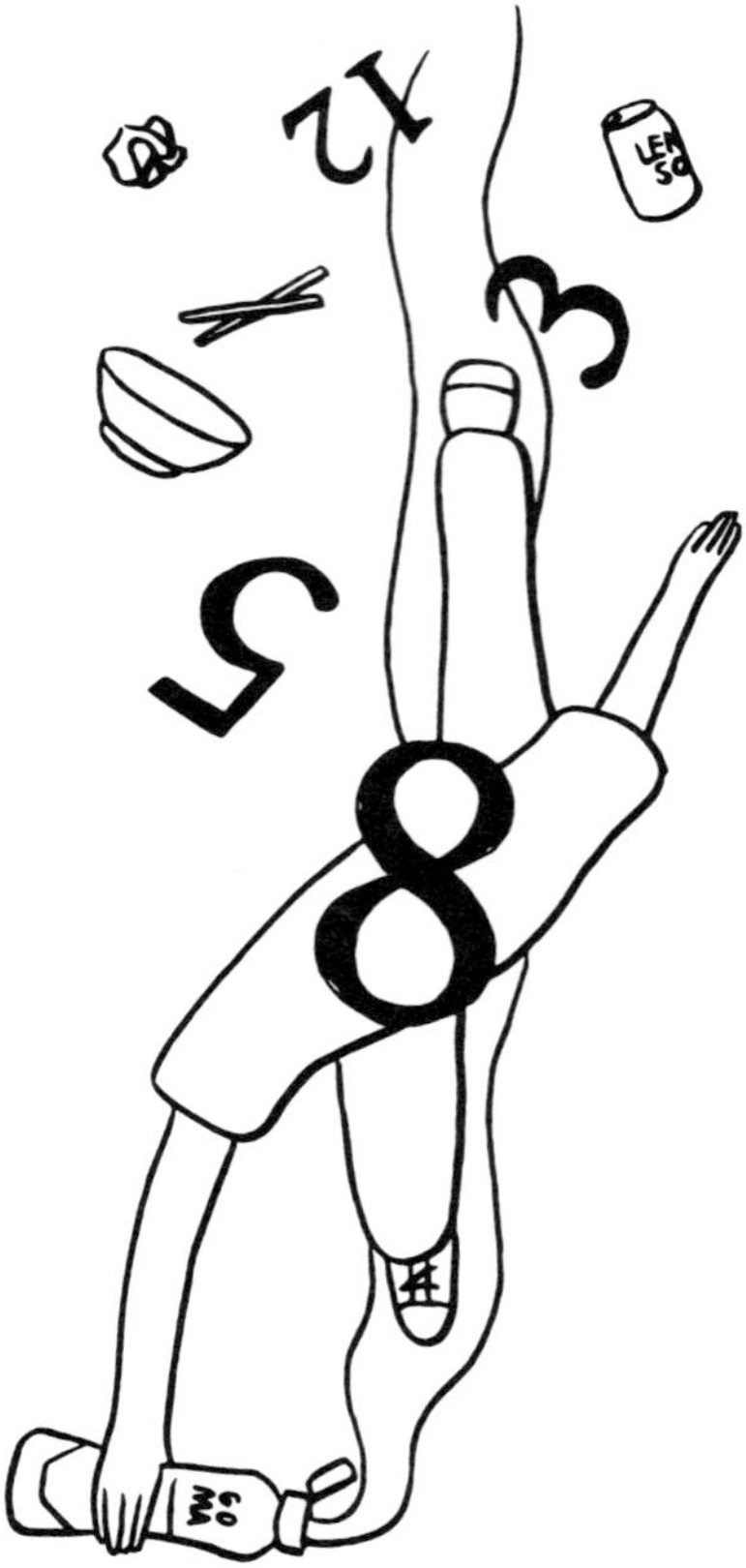

今日は何日で、
あなたは
どなたですか？

サッポロ一番塩らーめん

最近、酔い方が変わってきて、前日の記憶がないということが、ままある。若い頃は、記憶がなくなる酔い方をしたことは一度もなかった。それが最近は、酔った次の日、ゆっくり目を開けながら、どこにいるかを確認するところから始めることが多い。

この間は目が覚めると、漫画喫茶の個室にいた。渋谷円山町の居酒屋で飲んでいたはずなのに、起きてみると調布の漫画喫茶のフラットシートで、通りかかった店員に「ここはどこですか？　今日は何日ですか？」とタイムトラベラーのようなことを思わず聞いてしまった。

とにかく最近の酔い方は非常によくない。

今朝、自宅で起きると部屋中に、サッポロ一番塩らーめんの匂いが充満していた。まったく食べた記憶がない。ラーメンのどんぶりも見当たらない。部屋中探したが、どうしても形跡を見つけることができない。

仕方がないので、一度口をハーッとやって、息を確かめてみる。間違いなくサッポロ一番塩らーめんを食べたおじさんの息だった。

一旦シャワーを浴び、冷静になろうと浴室に向かう。すると風呂のフタの上に、ラーメンのどんぶりが鎮座《ちんざ》していた。その横にはごま油の瓶すら置いてある。記憶のない状態で、一手間かけている自分に驚いてしまった。

僕はサッポロ一番塩らーめんを作るとき、必ず卵を途中で入れる。半熟にするのがコツだ。袋に付いているゴマは、最後にサッとかけ、ラー油とごま油をどんぶりを一周するように回しかけて出来上がり。

母はよく働く人だった。というか、僕の成績が悪く、さほど裕福な家庭ではなかったのに、家庭教師をつけて勉強できるようにしてくれたため、スーパーマーケットのレジ打ちのパートを深夜遅くまでやっていた。だから、夕飯は僕と妹だけで食べることが多かった。台所には、母が仕事に行く前に置いていった、サッポロ一番塩らーめんの袋が二つ。「ごめんね、こんなものばっかで」とよく言っていたが、家庭教師までつけてもらって、結局大して勉強を頑張らなかった僕は、今更ながら土下座するほど謝りたい気持ちでいっぱいだ。

陽が暮れ、妹が「おなかすいた～」とグズり出したら、僕は鍋で湯を沸かし、二人分を作り始める。

「ごま油を入れると美味しいよ」

そう教えてくれたのは母だった。インスタント麺を食べるときは、いまでも必ずごま油を最後にさっと回しかけることを忘れない。

あの頃、妹は二回に一回は茹ですぎてしまう僕の作ったサッポロ一番塩らーめんを、口に運んですぐに「おいしい〜」と声に出してくれた。いま思えばそれは、まだ小学校の低学年だった妹の、最大限の気遣いだったのかもしれない。ふたりで、ふうふうズルズルさせながら、『あぶない刑事』の再放送を観ていた。「やっぱうまいね」と僕が言うと、妹が「ずっとおいしいね〜」と笑顔で言ってくれる。

一生分食べたはずのサッポロ一番塩らーめんを、いまでも時折、食べたくなるのは、あの頃の自分と妹、それに忙しかった母に、記憶の中で会えるからだと思う。サッポロ一番塩らーめんは、僕にとっては〝家族の味〟なのかもしれない。

酔い方が著《いちじる》しく最近危ないので、「決して飲みすぎてはいけない」と心に誓って、飲みに行ったのが昨日のこと（飲みに行かないという選択肢もあるんだよ）。仕事をしたことのある映画監督とのサシ飲みだった。

だったはずだ。

結局また記憶は飛んでしまった。監督と朝まで三軒茶屋で飲んでいたはずなのに、今朝起きたら自宅にいた。

記憶がなくても自宅に帰れるようになった自分は褒めてあげたい。ただ、一緒に飲んでいた監督と、どこでどう別れたのかまったく思い出せない。

恐るおそる、スマートフォンをチェックしてみると、電話をしてはいけない相手に、何度も電話をかけた履歴が残っていた。

一気に気が重くなり、スマートフォンを一旦閉じる。Tシャツにデニムという格好で飲みに行った覚えがあるのに、起きるとグレーのパーカーを着て、下はジャージをはいていた。ベッドのまわりには、猫避けのようにミネラルウォーターのペットボトルが大量に転がっていて、どれも空っぽだった。頭痛が酷いが、吐き気はない。「本当に気をつけよう」と心に誓ったのに、結局またやってしまった。

窓が少し開いていて、生暖かい風が、狭い部屋に一定のリズムで吹き込んでくる。

そのとき、コーヒーの匂いが、鼻先をくすぐる。

「コーヒー、勝手に淹れちゃいました」

キッチンから男性（＊1）の声が聞こえてきた。

「あー、すみません。ありがとうございます」

大きな声で返事をする。

「今日はまた暑くなりそうですねえ」

マグカップを持った爽《さわ》やかな男性が、微笑みながら僕に言う。

「ん？」

そして僕はまたタイムトラベラーのような質問を投げかけた。

「あのー、今日は何日で、あなたはどなたですか？」

＊1＝男性は映画プロデューサーでした。

大雑把な暮らしのススメ

卵かけごはん

「やっぱり全然違いますね。一粒一粒、お米が甘い」

ごはんにこだわっているという和食屋で、店主から「どうですか?」と確信を持って聞かれたときに、唸《うな》るようにそうコメントしてしまった。「でしょう」と店主はしたり顔で、厨房に戻っていく。

一緒に食べていた友人は、作り笑いを浮かべながら、僕と店主のやりとりを見守っていたが、店主が席を外すと、「さっきのあの感想ほんと?」と聞いてきた。「いや、わからなかった」と僕はそこで初めて本当のことを白状した。

僕もかなりの味音痴だが、友人は僕の比ではない。豚肉の串焼きを食べながら、「俺、やっぱり焼き鳥が一番好きだわ」と言い切った男だ。味の良し悪しの前に、食材の種類を間違えるレベルで味音痴だった。

ただ、忖度《そんたく》に忖度を重ねるような日常を送っていると、たまにこのくらい大雑把《おおざっぱ》な男に会いたくなる。

「微細な味の変化を楽しめることは、人生の日々の変遷を理解し、尊べることと直結する」と述べたのは誰だっただろう。どこかの高名な美食家だったと思う。その考えはきっと当たっているが、こちらは日々の生活に追われ、仕事で摩耗《まもう》し、無駄な居酒屋で会食打ち合わせをこなす人生を送っている。結果、舌はいつまで経っても肥えないままだが、下手に舌が肥えても、舌に申し訳ない生活しか送っていないので、このくらいでトントンな気がしている。

「すみません。この合間の三十分で食事済ませてください！」

昨日のランチはそんな言葉を、とある収録現場で言われてから始まった。僕の人生は、グルメとは縁遠いものになってしまった。

この間、僕は財布を失くしかけた。会計を済ませてから飲み屋を出て、数歩歩いたところで、後ろポケットに入れたはずの財布の感触がないことに気づく。血の気が引いて、すぐに飲み屋に戻ると、座っていた席の後ろにコロンと財布が転がっていた。保険証からカード類まで全部入っているので、本当に慌てた。

その出来事を大雑把な友人に話したら、案の定、軽やかに僕を超えてきた。

「あっ！　そういえば俺、財布落としてたんだよ」と言う。

「落としてた？」と僕が聞き返すと、「そう。二日くらい前に落としてたらしいんだよね。警察から落とし物で届いてるって、電話かかってきてさ。それで気づいたんだよ。俺、毎日はお金使わないじゃん」と、まるでほのぼの話でもするように、友人はあっけらかんと語る。財布が見つかってから、落としたことに気づく人間を初めて見たし、なんだか羨《うらや》ましかった。

僕は一度、大切な人の誕生日を忘れてブチギレられたことがある。クリスマスイブにレストランを予約せず、どこも満席でキレられたこともあった。そんなほどほどにはいい加減に生きてきた僕にとって、友人のユルさと大雑把さは安心をくれる。

友人には、同棲《どうせい》している彼女がいて、何度か会ったことがある。味にも人にも自分にも大雑把な友人は、まず彼女との出会いを覚えていなかった。彼女もそんな友人と一緒に住める人なので、「たしかナンパです」くらいの感じだった。

そんな友人は彼女の下の名前を一年経ってもうろ覚えだ。「ケイコさあ」と友人が言って、「ちひろ、な」と彼女に突っ込まれるところを、僕はたしかにこの目で見た。「あ、ケイコは母親の名前だ！」と友人は笑っていたが、普通なら倍キレられるところだ。

彼女にとっては、それが日常なのか、もう気にしていない感じで、生麺タイプの焼きそばをジュージューといい音を立てながら黙々と作っていた。そのとき、「食べます？」と彼女が僕に声をかけてくれた。粉末ソースのいい匂いがして、思わず「はい」と答えてしまう。友人と僕、半分ずつで食べられるように、彼女が皿に盛ってくれた。

友人は皿に口をつけて、掃除機のように焼きそばをかっ込みながら「うめぇ」を繰り返していた。でも僕は、過労で入院したときに出た食事よりも薄味の食事を、後にも先にもあのとき以外口にしていない。

たしかに粉末ソースの匂いはした。

床に全部振りかけていたのだろうか?と疑いたくなるほど、味がしなかった。麺も焼きそばにしてはやけに色白だった。

彼女は自分が食べる分の焼きそばをまた作り出して、「うまいっしょ」と自信満々に言った。破《わ》れ鍋に綴《と》じ蓋《ぶた》とはこのことか。

丁寧な暮らしが、よく雑誌やテレビで取り上げられるが、あんなものでは荒《すさ》んだ日常で疲れた心と身体は癒されない。

本当の癒しはきっと大雑把な暮らしにしかない。

それが、友人と彼女の同棲生活を眺めながら、僕がたどり着いた一つの真理だ。

「今度はこれちょっと食べてみてください」

店主が、ごはんの味の違いを理解してくれたお礼にと、サービスで卵かけごはんを振る舞ってくれた。僕は卵の黄身の部分に醤油をちょっとだけ垂らし、くるくるかき混ぜ、ズルズルと喉越しを楽しむようにかき込む。

友人は僕の様子をうかがいながら、見よう見まねで、ズズズッとやった。

「どうですか？」店主が勝ち誇った顔でこちらに問いかける。

僕にはいつも食べている卵かけごはんにしか思えなかったが、「やはり違いますね」とかなんとか言ってみる。

すると友人が、リスのように頬をふくらませながら、「柔らかいっすね」とつぶやいた。「そうなんですよ!!　先程より水分を多く含ませて炊いてるんです。その柔らかさが卵と合うでしょう」と店主は一段とご満悦そうな表情になった。

友人がその言葉を理解しているのか、いないのかはわからなかったが、あっという間に米粒一つ残さずきれいに完食していた。

やはり、忖度に忖度を重ねるような日常を送っていると、たまにこのくらい大雑把な男に会いたくなる。

「海でも行きたかったね」

高い海鮮丼

春の終わりを惜しむ間もなく、初夏らしい気候が続いていた五月。熱海から伊東線に乗って三駅のところにある網代という駅で降りた。理由はない。あえていえば、東京にいるのがまた無理になった。

コロナ禍は一旦過去のものとなり、外国人観光客と学生たちで、僕の仕事場のある渋谷は、朝だろうが夜だろうが人で溢《あふ》れている。レストランや飲み屋を経営している人からすると、やっと客が戻ってきたという感じだと思うので大きな声では言えないが、静けさを保っていた緊急事態宣言下の東京が好きだった。

気晴らしで泊まっていたビジネスホテルは、コロナ禍のときは三千円（これは安すぎたんだと思います！）だったのが、現在は三万三千円と、キッチリ三万円上がっていた。行きつけというか毎日通っているカフェも客が戻ってきてから、サクッと全メニューが五十円値上がった。

自分の周りで止まっていたあらゆる企画は、どれもこれも突然動き出し（喜ばしいこと）、打ち合わせの次にまた打ち合わせの日々になった。そして過労が重なり、周りに黙ってまた品川駅から新幹線に乗ってしまう。

網代の駅は降りた途端に心配になるくらい静かなところだった。駅前のタクシー乗り場は、寿命が尽きてもタクシーが来そうにない、吹きっさらしの佇《たたず》まい。申し訳程度の観光案内所があり、中に入ると「どうも」とおばあさんが一人、迎えてくれる。「すみません、タクシーって……」まで言いかけると「乗り場で待つしか手はないよ」と即答された。「ですよね」と白旗を上げて、タクシー乗り場に戻る。

駅前のロータリーには、タクシーどころか車すら走っていない。しばらくベンチに座っていると、海の匂いが鼻を誘った。僕は導かれるように、トボトボ歩き始める。しばらく歩くと、すぐに海が見えてきた。漁船が何艘も停泊している。海風が気持ちいい。東京の雑踏が嘘のように、風と海と空しかない。ガスっていて、海と空の境が滲《にじ》んでいた。

僕は大きく一度深呼吸を試みる。

「海でも行きたかったね」

そうつぶやいたのは、社会人になって初めて付き合った彼女だった。場所は横浜みなとみらい近くのカフェで、店内には石油ストーブの匂いが充満していた。

十二月の初め、その日は彼女と僕の最終回だった。

彼女はやけにモテる人で、僕は人生で一番くらいに仕事が忙しかった時期だった。すれ違いというか、住んでいる世界が違うということをまざまざと見せつけられ、我が兵は撤退するしかないと心に決めた僕は、彼女とその店で待ち合わせをしていた。

ミルクティーをくるくるかき混ぜながら、彼女は「海でも行きたかったね」ともう一度つぶやく。そして「やけに高い、なんでもない海鮮丼とか食べるの」と笑う。

「三千円くらいするやつ」と僕も笑った。

「冬の海もいいよね」と彼女が言って「いいよね」と僕は返したが、生まれてこのかた、冬の海を見たことはなかった。

「私、冬の海見たことないんだ」と彼女は視線も合わさずに言った。

そうなんだ、と僕は返したが、なぜか「一緒」とは言えない。

そこまでだった。

僕のPHSが何度も鳴る。クライアントからだ。

「もういいよ」と彼女は、僕を解放してあげるよ、という感じで言い放つ。

店の外に出て、しばらくクライアントと電話で話して戻ってくると、彼女はもう店の中にはいない。

ストローの袋がいたずらに折られて、テーブルに放置されていた。

彼女が幸せに暮らしていることを知ったのは、去年のことだ。

網代の海はその日、静かだった。

波は穏やかで、ずっとカモメのような鳥がガスった空の中、気持ち良さそうに飛んでいた。海の近くに、「海鮮丼」の文字が踊る和食屋が見える。

店に入ってメニューに目をやると、どれもやけに高い。店には僕以外客はおらず、海鮮丼を注文すると、びっくりするほど早く出てきた。

タコにエビ、白身魚。マグロが丼からこぼれ落ちそうに盛られている。小皿に醤油をたらし、盛られた刺身を食べてみる。うまい。

「イカが美味しいよ。だんだん年取るとわかってくるだろ?」と六十代くらいの店主の男性が声をかけてくれた。初対面の店主にも、「お前もこっち側だろ?」と暗に括《くく》られるくらいには年を取っていた。

イカはねっとりとコクがあり、本当に美味しかった。

「美味しいですね」と僕は店主に話しかける。「だろ」と嬉しそうに厨房から答えてくれた。マグロも厚く切られ、食べ応え十分だ。海鮮丼、二千八百円。食べてみると値段相応な気もした。濃いめに淹れられた緑茶も美味い。

そのとき、ガラガラガラと店の入り口のドアが開く。

「いいですか?」大学生くらいのカップルだった。「いいよ」と厨房から店主の声。カップルは狭い店内をキョロキョロ見ながら、あーでもないこーでもないとお喋りが止まらない。彼らがしっかり閉めなかったドアから、海風が吹き込んでくる。僕は緑茶を飲み干した。カップルはまだ、何を頼むか迷っているみたいだ。彼女はあれから、冬の海を一度でも見ただろうか。

海鮮丼を食べたあと、網代の海を散策すると、堤防の近くで釣りをしている人がいた。海鳥が水面ギリギリを楽しんでいる。その日、あとの予定はもちろんなにもなかった。明日の予定も、自分次第。波の音は微《かす》かに聞こえる程度で、海は穏やかに静けさを保っている。ずいぶん遠くまで来た。

僕はいま、他の誰でもなく、僕の裁量でときどき自分を解放している。

「冬の海はいいよ」

水平線に投げかけて、僕は大きく深呼吸をした。

「コーコー、ひとつ」

パスタ

「若者のアイドルください」

遅いランチ、腹を空《す》かせて入ったパスタ屋『壁の穴』で僕はそう店員に注文をする。「若者のアイドルですね。少々お待ちください」お冷やを置いて、店員は厨房に僕のオーダーを通す。

「若者のアイドル入りました！」

「若者のアイドル」とは、ウインナーにベーコン、しめじ、しいたけ、それにピーマンがザクザクと大きめにカットされて入っている店の人気メニュー。味はあっさりとした醤油ベースで、ここに来たら僕は必ず、「若者のアイドル」を注文する。

ただ、毎回頼む直前に、口に出すのをちょっと躊躇《ちゅうちょ》してしまう。「若者のアイドルください」と僕が言うたび、「おっさん、なに言ってんねん！」と関西弁バリバリで思われているような気がして、ボロネーゼで妥協しそうになる。

でも、やはりこの具の組み合わせとあっさり醤油味を口が覚えていて、ためらいながらも必ず注文してしまう。

「食べたい、でも口に出すのが恥ずかしい」

そんなメニューがたまにある。

高校時代、学校の最寄り駅の構内に、牛乳スタンドの店があって、サラリーマンや学生でいつも賑わっていた。僕も二日に一回は、立ち寄るほど気に入っていた。一番人気はコーヒー牛乳で、次がフルーツ牛乳、いちごミルクだったと思う。ただ、コアな常連が必ず頼む、隠れた人気メニューは別にあった。

紙パックのコーヒー牛乳を、冷凍庫でカチカチに凍らせた商品、通称「コーコー」。「氷コーヒー」の略だ。

常連のサラリーマンが、スカした感じで言う、「コーコー、ひとつ」が、ダサすぎてツボだった。とはいえ、僕も飲みたいので、できるだけ周りに聞こえないようにボソッと、「……コーコー」と頼んでいた。凍っているので、昼になっても冷たいコーヒー牛乳を飲むことができ、ゆっくり溶けていく間、サクサクとみぞれのようになったコーヒー牛乳を楽しむことすらできた。

思春期真っ只中のあの時代、慣れない英語を発音するみたいな、あるいは何か動物の鳴き声みたいな、「コーコー」をどういうトーンで口にすれば、ダサくないのか、無駄に頭をひねっていた。

横浜の郊外、新羽という場所に、昔一軒の町中華があった。

店主が気持ちいいくらいに化学調味料をドッサリおたまに取って、中華鍋に雪のように降らせる店だった。新羽にあった祖父のスーパーマーケットで、僕は高校時代しばらく、アルバイトをしていた。

いまではすっかり住宅街になっているが、僕がアルバイトをしていた頃は、工場と住宅がポツポツとある程度の寂しい街だった。昼食を食べるところも、その町中華の店くらいしかなかった気がする。

店主は、厨房を覗き込むように見ていた僕に、「これがウチの隠し味」と、その日もドッサリ化学調味料をおたまに乗せ、気持ちよく中華鍋に振りかけ、ガタンガタンと巧みな手さばきで、炒飯を作ってくれた。

「今日からメニュー増やしたんだけど、よかったらどう?」

店主が、壁に貼ってある油で変色した新メニューを指さした。

そこには、「みっちゃんの水餃子」と書かれている。

「みっちゃん?」

僕が思わず声に出すと、「はーい」とテーブルの食器を片付けていた店主の奥さんが、元気に返事をしてくれた。

「ほら、ウチのやつ、ミチコだからさ。小学生の頃から、みっちゃんって呼ばれてたんだよ」

ガタンガタン中華鍋を揺らしながら、ニカニカ笑う店主。

「知るか！」

思わず本音が口から漏れた。ただ、やけに気になるメニューではあった。

考えた末、「あの、水餃子追加で」と僕は注文をした。

「水餃子と、みっちゃんの水餃子があるんだけど、どっちがいい？」

店主は当たり前のように僕を詰めてきた。

「知るか！（パート2）」

また同じ感想が口から漏れそうになったが、ぐっと我慢した。

すると片付けをしていた、みっちゃんと目が合う。

「みっちゃんのほうでお願いします……」

僕はみっちゃんを見ながら、「みっちゃんの水餃子」を注文してしまう。

みっちゃんは嬉しそうにニコッと笑った。

「みっちゃん、ひとつ～」と店主もテンションが上がる。

程なくして出てきた「みっちゃんの水餃子」は、食感がもちもちで、具の中に刻んだザーサイが隠し味として入っていた。これを辛みそダレで食べる。他ではなかなか味わえない逸品だった。それから毎回、その店に行くと、「みっちゃんの水餃子」と言うハメになった。

去年、人伝にその町中華の店が閉店したことを知った。みっちゃんが、糖尿病の悪化で入院することになったことが、閉店の理由だと聞いた。

いまでもときどき、無性にあの水餃子が恋しくなるときがある。注文したときの、あの笑顔も込みで。

「はい、若者のアイドルです」

店員が、いつも通り具沢山パスタをテーブルに置く。隣に座っている若い女性の二人組が、運ばれてきた「若者のアイドル」を見たあと、僕の顔を一瞥《いちべつ》して、一瞬笑いを堪《こら》えたように見えた。ただ、そんな試練を経験しようが、注文せずにはいられない逸品が人にはあるのだ。

人生は何度かはやり直せる

みそラーメン

最近よく通っているラーメン屋がある。看板メニューはみそラーメン。七十五才になる店主が作るみそラーメンは甘辛くて絶品だ。使うみそは赤みそ、白みそ、麹みそで、その日の天候によってブレンドを多少変えるというこだわり様。そこに煮干しと野菜、鶏ガラとゲンコツで煮込んだスープを合わせる。辛味醤油で味付けされたチャーシューは一枚だけ。固いゆで卵ともやしがどっさりと乗った一品。週に一度は食べたくなるほど癖になる味だ。

今日も小腹が空いて、仕事の手を一旦止め、店に向かった。その道中には、いつも気になっていたギャラリーがある。だいたい美大生らしき若者たちがグループ展を開催している。展示してある絵や彫刻を外から眺めたことは二、三度あった。鑑賞者はいつも主催者の知り合いばかりに見えて、なかなか中まで入る勇気が湧かなかった。

それなのに、初めてふと立ち寄ってみた。最初は、今日もただ通り過ぎようと思っていた。でも、チラッと中の様子をうかがったとき、ガラス越しに女性から会釈されてしまい、思わず足を止めてしまったのだ。女性の年齢は六十代くらいだろうか。小さなキャンバスに描かれた油絵が、ポツポツと飾られているのがわかる。僕以外に鑑賞者はいなかった。

しまったなあ、と思ったときにはもう遅い。意を決して中に入ってみると、「私、ここでの個展、ちょうど十回目なんです。祝十周年!」と女性は宣言して、パチパチパチと自分で小さく拍手をした。なんとなく僕もパチパチパチパチと手を叩いてみる。

「おめでとうございます」そう言うと、「紅茶とコーヒーはどちらがいいですか?」と訊ねてくる。

「あー」これは本当にマズいことになったと思いつつ、「コーヒーで」と作り笑顔で答えてしまった。

そこからギャラリーの中央に置かれた椅子に座り、彼女の十年間の油絵作品の歴史について、コッテリと聞かされることになる。

旦那さんは公務員で真面目な人。子どもは二人とも独立して、彼女を応援してくれている。二十代の頃は絵で食べていきたかったが、そんなに簡単じゃないと三十代で悟った話——。

僕は「あー、そうでしたか」とか「あー、ですよね」なんて相づちを繰り返した。

「でも、離婚しようと思ってるんです」

ひと通り話を終えると、彼女は笑顔でそう言った。

「えっ……」

朗らかなテンションで「離婚」という単語が突然飛び出たことに僕は絶句してしまう。

「パリで絵の勉強がしたくて」

彼女は比喩でなく、本当にキラキラと瞳を輝かせながらそう言った。

ギャラリーをあとにして、本来の目的だったラーメン屋に入る。昼時ではなかったので、客は僕だけだった。お目当てのみそラーメンを注文して、さっきギャラリーで会った女性のことをぼんやり考えていた。

ラーメン屋の店主が七十五才だと知ったのは、前回来たときだった。常連っぽいじいさんと、店主は「もう俺ら今年七十五だぜ」と笑っていた。

外見は年相応に見えたが、目の前で手際よくラーメンを作っている姿を見ていると、お世辞抜きで五十代後半くらいには見える。

見事な麺の湯ぎりを目で追いながら、僕は思わず声をかけてしまった。

「ラーメン屋は、どのくらいやられてるんですか？」と。

きれいに畳むように麺を黄金色のスープの中に沈めながら、「七十からなんで、まだ五年です」と店主は笑った。

「えっ……」

僕は絶句してしまう。

「もう六十年になります」みたいな答えをどこかで期待していたんだと思う。

ＪＲ駅構内の清掃員の仕事を長年されて、一念発起で始めたらしい。

「家内がね、俺が六十四のときに亡くなったんですよ。子どももいないんでね。残りの人生、好きにやってみようかなって」

六十五から某有名ラーメン店に修業に入り、一からラーメン業を学んだとのこと。だとしても自分の店を持つのに、五年かかっていないことに驚くと、「修業先で知り合った二十七の仲間と共同経営なんですよ」と当たり前のように、また驚くことを口にした。「えっ……」と発することすら僕はできない。

最近、知人の映画監督に、「ニューヨークに面白いＢＡＲがあるらしいんだよ。一緒に行かない？」と言われたときも、「人生に一度くらい富士山登ったほうがいい気がしてさ。一緒に行こうよ」とライターに言われたときも、「いやいや、もうおっさんなんで自分は大丈夫です」とサボる口実として、「もういい年齢」を引き合いに出していた自分の怠慢さを心から反省した。

人生は何度でもやり直せる、というのは嘘かもしれない。

でも、何才でもやり直せる、は間違いない。

「どうですか？　今日気温ちょっと高いでしょ。だからスープに隠し味入れてみたんです。わかります？」

店主がいたずらっ子のような笑みを浮かべて、僕にそう言った。

彼女は名物になびかない

『東京ばな奈』

東京駅から新幹線で名古屋に向かおうとしていたとき、一緒にいた編集者の女性が「あっ！　『東京ばな奈』を買ってない！」と大声を出した。そして人混みの中を走り出し、目当ての『東京ばな奈』を三箱も購入して戻ってきた。ちゃんと買えたことに安心したのか、「お土産、お土産」とニコニコ気持ち悪い笑顔をこちらに向けている。

「それいる？」と思わず訊《き》いてしまったが、「いやいや、結局その土地の名産とか名物が一番喜ばれるんですよ」とご満悦そうだった。

「名産」とか「名物」という言葉を聞くと思い出す人がひとりいる。

いまから十年くらい前のこと。場所は新宿のラブホテルだった。

ヨーロッパの街を旅する番組を観ていたときに、「なんかディズニーランドみたいでステキ！」と彼女は言った。部屋は真っ暗で、テレビの灯りだけが眩《まぶ》しい。エアコンの調子が悪いせいか、やけに冷える。シーツはゴワゴワで、身体のそこいら中がかゆかった。

「チェックアウト、何時だっけ？」と訊かれ、「たしか十一時」と僕。

彼女はいい意味でも悪い意味でも、天使のような子だった。人を疑うことを知らない子で、僕は付き合っているときずっと、僕以外の男だったら絶対に騙されてしまうに決まっていると思っていた。

結局、きれいに騙されていたのは僕のほうだったのだが、その夜はまだ、そんなことは微塵《みじん》も感じていなかった。

彼女がリモコンを雑にいじり始める。派手なミュージックビデオが流れて、いやらしい映像になって、テニス中継の映像になって、最後にまたヨーロッパの街並みの映像に落ち着いた。

「いつか行ってみたいなあ、このディズニーランドみたいなところ」

全裸の彼女がゴワゴワのシーツを蹴飛ばすようにして、無邪気にテレビ画面に近づいていく。

「ディズニーランドが、そっちを真似したんだと思うよ」と突っ込むと、そうなんだ、くらいのことを彼女は素っ気なく返した。

いろいろなことに執着がない不思議な子だった。常識も人の目もまったく気にしない子だった。ブランドや高い店などには興味がなく、一緒に沖縄に行ったときも、夕飯を食べる店を探しまくった結果、マクドナルドに入ったことがある。

「観光地に来たら、そこの名産を食べる」というこだわりがある人が苦手になったのは、彼女に会ったからだと思う。

名古屋での仕事が終わって、編集者の女性が先に帰ってしまったので、僕は当てもなく繁華街をぶらぶらと歩いた。すると、絵に描いたような町中華という佇《たたず》まいの店があった。ガラガラと戸を開けると、とスムーズに言いたいところだが、長年の歴史という名の油と埃と黒い何かが戸に挟まって、ガタ…ガタ…と少しずつしか開かない。

「いらっしゃい」

店主らしき男性は当たり前のようにカウンターの席でスポーツ新聞を広げて読んでいる。

「やってますか？」

そう訊こうとした瞬間、「座って」と親戚の家のように導かれた。

壁に貼ってあるメニュー表もオレンジ色に変色していて、年季が入りまくっている。いい感じだ。

「オススメってありますか？」と訊くと、「ないけど、よく出るのは餃子と炒飯かなあ」と笑顔も愛想もなく告げられた。

それを頼んでしばらくすると、焦げ目がしっかりついた餃子と、刻んだピンクのかまぼこがたっぷり入った炒飯が現れる。一口食べてみる。……普通だった。可もなく不可もなかった。ちょっと油っぽい。

「どっから来たの?」と店主。

「あ、ここの人間じゃないのわかります? 東京です」と僕は言う。

「わかるよ~。知ってたら、この店入ってこないだろお」と店主は初めて笑ってくれた。僕もその言葉に思わず笑ってしまう。

そのあと餃子と炒飯を食べながら訊いた、二度塀の向こう側に行った店主の半生の話が、名古屋での一番の収穫だった。

名物でも名産でもない、大通りにはない、路地を入ったところにあるこの店にたどり着けたのは、食べログやネットの口コミではなく、常識も人の目もまったく気にしない、彼女に出会っていたからだと思う。

そんな奔放な彼女は、ある日突然、「好きな人がいるの。やっぱり君とどっちか選ばないとダメかな?」と僕に言った。

その日はクリスマスイブで、僕は人並みに傷ついたけれど、そんなことを平気で付き合っている相手に言える彼女のことが、少し羨《うらや》ましくも思えた。

ときどき、彼女を思い出すように、彼女のような立ち居振る舞いをしてしまう。そのたびに、僕の中にしっかりいる、集団からなるべく突出しないよう心掛け、遅れることは極度に嫌う『東京ばな奈』な自分が、僕を冷やかしてくる。

母の涙

ミートソースパスタ

母が今日からまた抗がん剤治療に入った。父から病状を伝える長い長いメールが今朝届いた。母は一緒に住んでいる父には不安を常に口にするらしいが、息子の僕には心配をかけないようにと、弱音を一切吐かない。一方で、父はときどきコップから水が溢《あふ》れ出るように、溜まった弱音や本音を長文メールで報告してくることがあった。

〈昨夜、本当は大変だった〉

〈お前の将来のことが心配だと、お母さんがおいおい泣くんだ〉

親子なのだから、気遣いは無用なのに、両親はいつもギリギリまで何でもないフリをする。

母は救急車で運ばれた翌日でさえ、電話越しに平静を装う。

「あんた、風邪なんかひいてない？　うがいしなさいよ。こっちは元気ハツラツよ～。心配してるヒマあったら、仕事がんばんなさい！」なんて具合に。

母はもう、そうやって生きて生きて生き抜いてきたのだから、こういう風にしか振る舞えないのだと諦めている。父のメールには、母が連日「私がいなくなったら、片付けるのが大変だから」と言って、最近は部屋にこもり、自分の物を整理していると綴《つづ》られていた。

母は、僕が出会ってきた人間の中でも一番の心配性で怖がりだ。僕が車の免許を取得したときは、交通事故の話を延々として、「できれば車は運転せずに、免許証は身分証明書として使いなさい」と真顔で言ってきた。飛行機が嫌いだから、六時間も東北新幹線に乗って、北海道に向かったこともあった。そんな、平時でさえ心配性で怖いことが絶えない母が、いまどれだけ怖い気持ちでいるかを想像するだけで心が痛む。

先ほど、今日の抗がん剤治療が終わったであろう時間を見計らって、電話をかけてみた。ワンコールで出た母は、「はいはい、元気?」と僕にいつも通り訊《き》いてくる。そっくりそのまま言葉を返したいが、その気持ちを一回飲み込んで、「なんとか元気にしてます」と言う。僕に対して、自分の病状や現状を母は出来るだけ隠して、今日も平静を装う。元気なフリが、息子のためだと信じている。

事情を知る僕は、母の渾身のから元気ぶりを、信じ切ったフリをしながら、仕事の話や気温が今日は高いとか低いとか、いわゆるお天気話に終始する。なかなか壁のある親子関係になってしまった。

「大谷くんの試合観てる？　仕事は順調なの？　ちゃんと栄養のある食事をしなさいよ」

いつも通り、母は怒涛のように質問や自分が言いたいことを脈絡なく話す。自分の症状には頑《かたく》なに触れないので、「お母さん、そんなことより、体調はどうなの？」と思わず訊いてしまう。すると即、「こっちはなにも変わらないから。とにかく体調だけは気をつけなさい」と母は声を張った。

昔からそうだった。どんなときでも「心配をかけたくない」が先立って、できるだけすべてを隠そうとするのが母の癖だ。「慮《おもんぱか》って」なのはわかるが、時と場合によっては、その立ち居振る舞いにより、こちらは一層心配を募らせる事態になってしまう。

昔、母がスーパーマーケットでパートをしていた日のことが蘇《よみがえ》る。毎日深夜までパートをこなし、家に戻ってからも手つかずの家事を文句ひとつ言わずにこなしていた。父も深夜まで仕事で家を空けることが多く、家では常に妹と僕の二人きり。当時、妹の前では兄としてしっかりしなければと、謎の使命感に燃えていた。

ある夜、いつも通りに缶詰のパスタソースを缶切りで開け、鍋の中にドボドボと豪快に入れて温めていると、妹がテレビを観ながら大笑いをした。僕は気になって、テレビのほうを振り返る。

その瞬間、バランスを崩して、鍋を床に落としてしまった。熱くなったパスタソースが鍋ごと足の上にひっくり返る。

「熱っ！」

とっさにパスタソースを手で払おうとしたが、うまくいかない。

僕の大きな声に驚いて、妹がキッチンに飛んでくる。そして床に広がったパスタソースを見て、「ごはん食べられないじゃん！　イヤだ！　イヤだあ～～!!」と泣き出してしまった。妹の悲鳴のような泣き声を僕はしばらくジッと聞いていた。

パスタソースがかかったままの足がジンジン痛みだす。床は真っ赤に汚れていた。時刻は夜の八時をちょっと回ったところ。いつもなら、母が帰ってきてもおかしくない時間帯だが、気配はない。

僕は「お母さん！　お母さん！」と何度かつぶやいたあと、「痛いよー！　痛いよー！」と叫ぶように泣き出してしまう。

妹は一旦呆気に取られたが、負けじと「お母さーーん！　お母さーーん！」と咽《むせ》び泣く。寂しさのダムが決壊し、僕も妹も、もう泣き止《や》むことができない。

そのときだ。ガチャと玄関のドアが開き、ビニールの買い物袋を両手に持った母が、「ただいま〜」と陽気に帰ってきた。キッチンと玄関はまっすぐ廊下で繋がっているので、母とすぐに目が合う。安堵からか、僕と妹は母の姿を捉えると、さらに声のボリュームを上げて泣き始めた。

母は荷物を玄関に投げ捨てて、僕たちのところまで駆け寄り、キッチンの大惨事を確認した。

「ごめんなさい、ごめんなさい」と僕は謝る。母はなにも言わず、僕と妹を一緒にしてギュウと抱きしめた。その力は、本気で潰《つぶ》されるんじゃないか?と思うほど強く、息ができない。母の身体全体が、おいおいと泣いていた。

母も日々、文句をひとつもこぼさなかったが、それはそれは疲れていて、寂しくて、悲しくて、辛かったんだと思う。

妹が母の腕の中で再び泣き叫ぶ。

僕もまた大粒の涙がボロボロとこぼれていく。

ついに母も「ううううう」と肩を震わせ、声を上げて泣き始める。三人の泣き声の大合唱が家中に響き渡っていた。

あの夜のことを、忘れることができない。涙が枯れるほど泣いたあと、三人で手分けしてミートソースを作り直し、一緒に食べた。

妹が「みんなで食べるとおいしいね」と涙目で笑っていた。

寂しいときに「いま寂しい」と言えるのが、家族なんだと思う。悲しいときには「悲しい」と、不安なときは「不安なんだ」と伝えられるのが家族なんだと思う。いや、「家族」じゃなくてもいい。弱さを見せられる人がそばにいてくれたら、悲しみや不安をなんとか越えられるんだと思う。本当にそう思う。

いま、僕は母を抱きしめたい。それから、あのときみたいに声を上げて、涙が枯れるまで一緒に泣きたい。

「よし、明日は海に行こう！」

金目鯛の煮付け

新宿の清潔な和食屋の個室で、ほろ酔いを通り越した制作会社の社長が「人はたまに、海を見たほうがいい」とポツリと言った。その数分後に社長は酩酊状態に陥り、部下たちに連れられ、タクシーで引きずられるように帰って行った。社長の遺言のような一言と、蓋《ふた》だけ空いて中身はたっぷり残っている瓶ビール数本だけがその場に残った。

八人席に僕の他にあと二人。勿体無いのでしばらく手酌でビールを飲みながら、「もう十年くらい海を見ていないなあ」と考えていた。

店内には小さくジャズが流れている。明日の予定は喫茶店をはしごしながら原稿を書くだけだ。誰かとの打ち合わせや、何かのイベントがあるわけじゃない。とりあえず決まった枚数を書き切りさえすれば、どこで何をしていてもいい。

残った二人組の男の内ひとりが、「今日さ、女子高生のパンツらしきもの見ちゃったよ〜」とはしゃぐ。「らしきってなんだよ！」ともうひとりのサラリーマンもはしゃぎながら突っ込んだ。そして二人はゲラゲラと笑った。

「よし、明日は海に行こう！」

僕はそのとき強く、一旦東京から脱出することを決めた。

「くだらない」どころか、「くっだらない」と吐き捨てるために。

十年くらい前に一度、「よし、明日は海に行こう！」と同じように東京から脱出し、海を見に行ったことがあった。そのときは伊豆下田にある、とある民宿をネットで見つけて予約した。決め手は一泊五千五百円という安さ。写真は外観を捉えたもの一枚。一抹の不安がよぎったが、安さに負けて予約を入れた。

行ってみると意外や意外、古い建物ではあったが、掃除が行き届いていて、申し分のない宿だった。

ただ、老夫婦二人だけで切り盛りしている小さな二階建ての宿で、朝晩の食事も、老夫婦と一緒という親戚の家に泊まりに来てしまったような雰囲気。食事中、「たくわん嫌いなの？」とおばあさんに心配されたり、「美味しいですね、この金目鯛」と僕が言うと、おじいさんが自分の金目鯛の煮付けを半分くれるという、フレンドリー過ぎる宿ではあった。

下田のその辺りは、金目鯛が名物のひとつらしく、とにかく身がふくよかで柔らかく絶品だった。聞いてもいないのに、おばあさんが何度も煮付けの作り方を教えてくれた。金目鯛は下田で仕入れれば、間違いないらしい。

ウロコは口当たりが悪くなるのできれいに取る。血もできるだけきれいにする。金目鯛は煮る前に湯に通してウロコと血を再度確認。鍋に水とお酒を半分半分入れて、砂糖を入れたら十五分煮立てる。そこに金目鯛の身を沈め、醤油、みりん、刻み生姜を加える。アルミホイルで落とし蓋。中火で十分少々煮立てれば出来上がり。

何度も何度も聞いたので、一度も自分で作っていないのに、大体の工程を覚えてしまった。

宿には三泊した。ふと夜中に目が覚めたら、眠れなかったらしいおばあさんが、暗い食堂というより居間でテレビを付けて、深夜のバラエティ番組を観ている。僕はその光景を見ながら、ホラーなのかヒューマンなのか分からない複雑な気持ちになった。

さすがにあの民宿はもうやっていないだろうと思いつつ、ネットを検索すると、すぐに見つかった。

信じられないことに、一泊の値段も据え置きの五千五百円。写真も、あの外観を捉えたもの一枚だけ。すべてにおいて徹底して据え置く姿勢に感心し、また予約を入れてしまう。ホームページからの直接予約は出来ないので、電話をする。

出たのは、金目鯛の煮付けの作り方を教えてくれたおばあさんだった。思わず、「お元気だったことが嬉しいです！」と伝えそうになったが、「はい、一名で間違いないです」に留めた。

当日、タクシーで宿まで行ってみると、出迎えてくれたのはあのときのおじいさん。お二人とも健在だった。

通された部屋は前とは違ったと思うが、年季の入った畳の匂い、木彫りの牛なのか馬なのか見分けがつかない置き物、部屋に備え付けのお茶や食器類を見て、まったく一緒だと確信できた。

宿の裏から三分かからないところに海があったはずだ。おじいさんに尋ねると、「今日は海がちょっと荒れているみたいだから、気をつけてよ」と自転車を貸してくれた。これまた年季の入った、ブルーだった面影のある錆だらけ。

その自転車にまたがり、僕は立ち漕ぎで海を目指した。

左に大きくカーブした車道を走り、短いトンネルを抜ける。

もう一度、きついカーブ。様々な緑の木々が頭上にアーチを作る。潮の匂いがずっとしていた。木々の間から海が見えてくる。

シーズンオフだったからか、広い砂浜には、小さな子どもを連れた若い夫婦が一組。水平線の先まで船や障害物は見えない。

波は思ったよりも穏やかだったが、風は強かった。シャツがバサバサと風に煽《あお》られ音を立てる。

海の近くまで行ってみると、遠目で見ていたよりも波に勢いがあって、あっという間にジーンズまで濡れてしまった。

遠くから声がした気がして振り返ると、堤防の上で仁王立ちしてこちらに手を振っている、おじいさんが見えた。防波堤の向こうには禿山が見える。

空は濃い紫色のような場所と青空が、グラデーションのように共存していた。

裸足で砂浜を歩いたとき、足の裏を少し切ったみたいで違和感があった。防波堤はところどころ欠けている。

すべてのものが、あるべき場所にキッチリカッチリ存在していなかった。

人工物も含めて、ごく自然に欠けていたり、滲《にじ》んでいたり、寂《さび》れていたりする。

東京にいたときの可笑《おか》しいくらいにしっかり引かれたスケジュールや、左右前後に注意を払って、一切間違わない行動を取ることが美徳とされる人間関係。欲望の茶化し合いや食事を男女どちらが奢《おご》るか論争みたいなくっだらないやり取り。そういう窮屈な日々の中で蓄積していった不自然な緊張がほぐれていくのがわかった。

きっとおじいさんは僕のことが心配になって、わざわざ見に出てきてくれたのだろう。

また潮風が強くなる。

僕はできるだけ大きく、大きく、おじいさんに向かって手を振った。

褒められて
伸びるタイプです

鯵の干物

祖母は褒める天才だった。僕が狙いをつけて、少し離れたところに立てたマッチ箱を輪ゴムで倒すと、「おお、すごいねえ。将来は殺し屋かな?」と僕の頭をぐりぐりやりながら複雑に褒めてくれた。

小学校の期末テストで国語が七十点、算数が二十点くらいだったときは、「やっぱり国語のほうが専門なんだねえ。将来は辞書でも作るのかな?」とまたぐりぐり。祖母は、とにかくなにからなにまで褒める方向で、話を進めてくれた。

近くのドブ川で、ザリガニを捕まえてきたときの褒めちぎり方も、感慨深いものがあった。カゴの中のザリガニを見て、「これはお手柄かもしれないよ。新種の可能性が高い。ハサミがこんな形をしたのは見たことない。魚博士になるんじゃないか?」と僕を喜ばせてくれた。ザリガニ捕獲で、魚博士への発想の飛躍には、この際目を瞑りたい。結局、ただのアメリカザリガニだったのだが、数日間、僕は魚博士になった気分で過ごすことができた。

母親が夕飯に出してきた鯵《あじ》の干物を僕は箸で持ち上げて、まじまじと観察し、「これは立派な鯵だな」などと当たり前のことを勿体ぶって言いたくなるほど気分良く過ごすことができた。母に「いいから、早く食べなさい!」とドヤされ、祖母は後ろにのけぞるほど腹を抱えて笑って、「早く食べて、おばあちゃんとスケッチブックに鯵の骨を描こう」と提案してきた。

とにかく、祖母は人を褒めるプロで、調子に乗せるプロだった。祖母の針小棒大すぎる褒め殺しに、幼い頃の僕が何度救われたかわからない。

褒め殺したのは僕だけじゃない。祖母が営んでいた立ち飲み屋の客や業者も、祖母にメロメロだった。

ガラガラとドアを開けて客が入ってくると、「あら、初恋の人かと思ったわあ」と「いらっしゃいませ」より先に声をかける。お酒を届けにきた酒屋に、「あんたのとこの瓶ビールは、味が一層から二層深いんだよねぇ」と感心して見せ、「またあ〜」なんて言わせながら、サービスを掻《か》っ攫《さら》っていく姿を何度も見た。その光景は、祖母が八十手前で亡くなるちょっと前まで続いた。

ラジオ番組によく届くメッセージのひとつに、「努力は報われると思いますか?」というものがある。だいたいが、「ちなみにわたしは報われないと思っています」と付け足されている。現実はそうかもしれない。そうだと思う。そんなに全部の夢が叶っていたら、こんなに失恋ソングも、人間の業を描いた小説も生み出されないだろう。

しかし、努力をしないで、なにかを得ることは難しい。それもまた事実だ。では一体、ほとんど報われないというのに、それでも努力ができる人はどんな人なのだろう？　それは、なにかの努力をした結果、多少なりとも報われた経験がある人なんじゃないだろうか。

僕はその上では恵まれていた。祖母によって、「報われ」の英才教育を受けてきたから。幼い頃、僕がなにかする度に「すごいっ！」と、すかさず合いの手が飛んでくるので、僕は調子に乗って、もっと挑戦したくなってしまう。祖母をもっともっと喜ばせたくなって、もう半歩、もう半歩と努力をしたくなってしまう。祖母からの「すごいっ！」が、努力の先にあることを知っていたから、何も迷わず行動に移すことができた。そうしているうちに、すっかり行動するクセがついてしまった気がする。

人生の大きな分岐点で必ず、「まあ、やってみるか」と楽観的になれたのは、そのクセのおかげだ。

時に報われない努力があったときでも、「きっと次は報われるはずだ」と心から信じることができた。

そんな僕でも、新しい仕事や新しい分野にトライするとき、一瞬だが、人並みに躊躇《ちゅうちょ》しそうになるときがある。そんなときは、心の中にいる祖母が「おお、またみんながあなたに何かしてほしいって思ってるんだねぇ。幸せなことだよねぇ」と声をかけてくる。「きっと大丈夫だよ〜。だっていままでを振り返ったら、やったことしか憶《おぼ》えてないもん。とりあえずやってみよう」と話しかけてくる。「まあ、やってみるよ」と僕はぼんやりと答える。

大きい「報われ」じゃなくていい。日々の小さな行動を褒めたり、褒められたりするうちに、きっと、スッと挑戦できるようになる。応援できる人になる。迂闊《うかつ》に行動できる人にしか、成功は生まれない。失敗も生まれないが、なにもなかったよりはいいと思える日が必ずくる。

魚博士を気取っていたいつかのあの日、きれいに食べ終えた鯵の骨を、本当に祖母と一緒に、クーピーでスケッチブックに描いた。

先日、久々に実家に戻ったとき、元自分の部屋だった場所の段ボールの中に、その絵が描いてあるスケッチブックを見つけた。絵が描いてある脇に、赤いクーピーで書かれた祖母の達筆な文字が残っていた。

「ピカソよりじょうず！」

装画・挿絵　小川悟史
デザイン　名久井直子

校正　滄流社
編集　芹口由佳

この味もまたいつか恋しくなる

著者　燃え殻

編集人　岡本朋之
発行人　倉次辰男
発行所　株式会社主婦と生活社
〒104-8357　東京都中央区京橋3-5-7
編集部 TEL.03-3563-5130
販売部 TEL.03-3563-5121
生産部 TEL.03-3563-5125
https://www.shufu.co.jp
製版所　東京カラーフォト・プロセス株式会社
印刷所　TOPPANクロレ株式会社
製本所　株式会社若林製本工場

ISBN 978-4-391-16430-5